BLACKWELL'S GERMAN TEXTS

General Editor:

A. GILLIES

Emeritus Professor of German Language and Literature
in the University of Leeds

GW00338578

BLACKWELL'S GERMAN TEXTS

General Editor: A. GILLIES

TIECK
Der blonde Eckbert

BRENTANO
Geschichte vom braven Kasperl und dem schönen Annerl

Edited by

MARGARET E. ATKINSON

BASIL BLACKWELL · OXFORD

1978

First printed 1952
Eighth impression 1977

ISBN 0 631 01560 4

Printed in Great Britain by
The Camelot Press Ltd, Southampton

PREFACE

Der blonde Eckbert and *Die Geschichte vom braven Kasperl und dem schönen Annerl* are two of the most outstanding examples of the Romantic tale, and are at the same time illustrative of the difference between the earlier and later phases of Romanticism. These considerations, as well as personal predilection, have determined my choice of material for the present edition.

I should like to express my thanks to Professor Boyd for including this text in his series and to various kind colleagues for advice on linguistic points. Above all I wish to offer the affectionate thanks of a pupil to Professor Edna Purdie—whose lectures first stimulated my interest in the Romantic Novelle—for her unfailing help and encouragement at every stage of the preparation of this edition.

MARGARET E. ATKINSON

LONDON, 1951

CONTENTS

INTRODUCTION

THE strength of the Romantic writers lay not in the invention and skilful manipulation of plot nor in the presentation of rounded living characters, but in the ability to capture and fix in literary form the most elusive aspects of human experience: the ebb and flow of emotional mood, the ephemeral passage of longings, dreams, premonitions, fantasies, the insubstantial phenomena of border-line regions where contrasting spheres seem to meet and merge. These are themes too tenuous to support the complex structural pattern of a large-scale work. Moreover, the Romanticists seem to have lacked the energy and perseverance which are necessary for the organization and completion of a broad canvas. Accordingly their highest achievements are to be found not among their novels and dramas, which are for the most part confused, fragmentary, and unconvincing, but in the more restricted fields of lyric, fairy-tale, and short story. Here they surprise and charm by their power to conjure up atmosphere and to create something out of almost nothing.

In *Der blonde Eckbert* and *Die Geschichte vom braven Kasperl und dem schönen Annerl* plot and character are only of subordinate importance for the total impression. The plot of *Der blonde Eckbert* is slight and repetitive; Brentano's tale presents an improbable conglomeration of gruesome coincidences. In neither work do the characters impress us as living people. Eckbert and Bertha are sketched in very lightly, and the minor figures—the old woman, Walther and Hugo—are still more shadowy and impersonal; in the course of the story they even lose what identity they possess, and their outlines become blurred, as one is, as it were, superimposed on the other. Kasperl and Annerl are more clear-cut, it is true; but, seen only in glimpses and at two removes through the narration of the grandmother within the narration of the fictional narrator, they appear to be less than life-size and to move with the jerky, wooden rigidity of puppets. (The very title, whether intentionally or not, brings to mind the *Puppen-* or *Kasperletheater*.) The foreground figures—Grossinger and his sister and the duke—are pale and nondescript. Only the narrator and the grandmother are more convincingly portrayed. The former is, as we shall see, to a large extent a self-portrait of Brentano, and the aged grand-mother in her impressive imperturbability a precursor of the indomitable old ladies of post-Romantic fiction.[1] Yet despite the slightness of plot and indeterminateness of character, both these tales possess an artistic unity which holds the reader spell-bound. This springs from something that appeals to the emotions rather than the intellect, something less susceptible of reasonable analysis than are plot and character: a strangely elusive emotional mood, an atmospheric tension pervades the narrative, transforming its confused irreality into the compelling reality of a dream or a nightmare. In *Der blonde Eckbert* the main factor in the evocation of this dreamlike atmosphere is the peculiar use of the supernatural element; and in Brentano's tale the nightmare tension is produced largely by the interaction of two factors: on the one hand, the unhurried unfolding of the old woman's story, and on the other the simultaneously growing conviction of both fictional narrator and reader that speed is of vital importance if impending disaster is to be averted. In both tales the dominant mood is strengthened by stylistic and formal means.

DER BLONDE ECKBERT

I

'Das Wunder war nicht vor unserer Zeit', Tieck is reported to have said, 'es ist zu allen Zeiten. Es ist kein ausserordentlicher Zustand, es umgibt uns an allen Orten'.[2] Although he grew up in the rationalist stronghold of late eighteenth-century Berlin and even served his literary apprenticeship under the arch-rationalist, Nicolai, the young Tieck was filled with a keen awareness of the inexplicable elements in human experience. As a boy he would morbidly seek contact with the supernatural, longing for some concrete evidence to confirm his innate belief in it;[3] and his early tales—of which *Der blonde Eckbert* is justly

[1] *v. infra*, pp. xxxiii f.
[2] R. Köpke, *Ludwig Tieck. Erinnerungen aus dem Leben des Dichters*, Leipzig, 1855, vol. ii, p. 251.
[3] 'In meiner frühsten Jugend', Tieck wrote to Count Yorck, 'suchte ich gleichsam mit Trotz auf Kirchhöfen, in einsamen Nächten, die Bekanntschaft mit der Geisterwelt' (*Letters of Ludwig Tieck 1792–1853*, ed. E. H. Zeydel, P. Matenko, and R. H. Fife, New York and London, 1937, p. 556. *Cf.* R. Köpke, *op. cit.*, vol. i, p. 103).

the most famous—present an almost bewildering interweaving
of natural and supernatural, calculated to inspire in even the most
matter-of-fact reader Tieck's own uncomfortable conviction of
the immanence of the strange and uncanny even in everyday life.
The world of the supernatural—for instance, the green forest of
Der blonde Eckbert, the Venusberg in *Der getreue Eckart und der
Tannhäuser*, or the mysterious world of mountains and minerals
in *Der Runenberg*—may at first seem isolated from the world of
normal reality; but in the course of time the uncanny power
extends its sphere. Emissaries from the realm of the supernatural
cross the border into reality (e.g. the stranger who destroys
Christian's peace of mind in *Der Runenberg*, Walther and Hugo
in *Der blonde Eckbert*); the frontier separating the two spheres
becomes tenuous and tends to disappear altogether. In the
no-man's-land that is left, the normal and the irrational are
inextricably confused,[1] and the result is a peculiarly unstable, insubstantial effect. This is further reinforced by the fact that the
supernatural element itself allows of two contrasting interpretations. It may be regarded on the one hand as a power external
to man and independent of him, or, on the other hand, as a
product of the irrational activity of man's own mind. Tieck
leaves us in a state of doubt to make our own choice between
these two explanations, and seems to take a delight in baffling us
by tilting the balance now towards the one and now towards
the other, without presenting any final answer to the problem,
except perhaps a suggestion that both are equally valid, that the
supernatural is both within and without: 'es ist in uns, ausser
uns, unser ganzes Dasein ist ein Wunder'.[2]

Seen as a purely external power, the supernatural still appears
under a changeful double aspect. At first it seems seductive and

[1] In Tieck's own words: 'Das Wunderbarste vermischte sich mit dem
Gewöhnlichsten' (*Der blonde Eckbert*, p. 18, ll. 21 f. in this text). This state-
ment is echoed elsewhere, e.g. 'das Seltsamste gesellte sich zum Gewöhn-
lichsten' (*Schriften*, ed. G. Reimer, Berlin, 1828–54, vol. xiv, p. 146) and
'Das Seltsamste und das Gewöhnliche war so ineinander vermischt, dass er
[Christian] es unmöglich sondern konnte' (*Schriften, ed. cit.*, vol. iv, p. 225).
Such border-line regions held a particular fascination for the early Roman-
ticists, since they were convinced of the invalidity of all dividing-lines.

[2] R. Köpke, *op. cit.*, vol. ii, p. 251. This problem continued to occupy
Tieck; as late as 1841 he wrote to Kerner: 'Wenn wir nur sondern könnten,
was bei den Seelenstimmungen, die meist Erscheinungen veranlassen,
äusserlich oder, so zu sagen, wirklich sei: oder was nur eine scheinbar nach
aussen geworfene Metapher oder Spectrum und Vision unserer schaffenden
Phantasie ist' (L. H. Fischer, *Aus Berlins Vergangenheit*, Berlin, 1891, p. 185).

alluring or friendly and helpful, but its sinister nature is soon revealed behind the smiling mask. Invariably the victim himself is partly responsible for the change. He offends the supernatural power by disregarding its claims in favour of the demands of ordinary existence. Christian thinks to escape from the spell of the Runenberg to peaceful married life in the plains. Tannhäuser longs to break free from the voluptuous enchantments of the Venusberg; Marie in *Die Elfen* breaks her allegiance to the world of faery when she finds its stipulations in conflict with normal human ways. They all have to be brought to the realization that the supernatural is not to be trifled with, that once they have accepted its gifts or tasted its delights they are permanently enthralled, and any attempt to escape is betrayal. The punishment meted out to them may seem arbitrary and out of all proportion to the crime—this is especially the case in *Die Elfen*— but this mysterious power judges according to its own laws, which do not necessarily correspond to human standards. In *Der blonde Eckbert* the supernatural, embodied in the old woman and her remote forest world, is at first wholly benevolent, and Bertha is happier than ever before. Only after her attempt to return to the real world does it become clear that there is no possibility of escape for her. She may imagine that her marriage with Eckbert marks the end of her strange adventures, but it brings them both only a false security. The sinister power is vigilantly biding its time until the moment is ripe for retribution. Then the truth of the old woman's warning is proved: 'Die Strafe folgt nach, wenn auch noch so spät'. In face of this implacable hostile power man is completely impotent—the more so since the whole natural world seems to be in league with it against him.

In Tieck's early tales nature is represented as a tremendously vital and dynamic force closely allied to the supernatural and at times almost identical with it.[1] Like the supernatural power, it too may hide its sinister aspect behind a charming or grandiose appearance, and may suddenly and unpredictably change from kindliness to malevolence. It is nature that conspires to lead

[1] *Cf.* the words of the fictional character Ernst in the introductory section of *Phantasus*: '. . . selbst die schönste Gegend hat Gespenster, die durch unser Herz schreiten, sie kann so seltsame Ahndungen, so verwirrte Schatten durch unsre Phantasie jagen, dass wir ihr entfliehen, und uns in das Getümmel der Welt hinein retten möchten' (*Schriften, ed. cit.*, vol. iv, p. 128). This, together with evidence from the tales, suggests that Tieck, the townsman, did not feel at ease in the midst of nature.

Christian to the Runenberg queen, who herself embodies the now alluring, now terrifying majesty of the mountains. Nature helps to kindle the wild longings in Tannhäuser's heart and so to make him fall an easy prey to the magic of the Venusberg. In *Der blonde Eckbert* nature is an active participant from beginning to end. The old woman is inseparable from her forest solitude, and her counterpart, Walther, is a naturalist interested in herbs and minerals. As long as Bertha is on amicable terms with the supernatural, nature, too, is friendly. As she looks back on the years spent in the woodland cottage, she has no recollection of any stormy weather at all. On the other hand, when she has incurred the wrath of the supernatural and retribution is imminent, nature, too, is in a sinister mood. It is a wild, misty night and the moon shines fitfully through scudding clouds. 'Die Nacht sah schwarz zu den Fenstern herein, und die Bäume draussen schüttelten sich vor nasser Kälte'.[1] Moreover, it is this wild weather that causes Walther, contrary to his custom, to spend the night at Eckbert's castle; and so it is nature that sets in motion the whole train of events directly precipitating the catastrophe. Similarly, on the day of Bertha's death and Eckbert's murder of Walther, nature is grim and relentless.[2] It is clearly useless for man to rebel against such an overwhelming partnership of forces. He appears here—and in general in Tieck's early tales—as a puny, helpless creature in the midst of a hostile universe.

In *Der blonde Eckbert* the conception of the supernatural as an external power is further complicated by the introduction of a religious idea: that the children must atone for the sins of their fathers. Seen in this light the catastrophe is inevitable in much the same way as in the fate tragedies of the Romantic period. The characters are doomed to disaster because of something which happened before the beginning of the story and is only revealed on the very last page: because Bertha is an illegitimate

[1] p. 2, ll. 7 f. Tieck suggests the intense vitality of nature by attributing to her the power of sight. This device recurs in his early writings, *v.* for instance his letter to Wackenroder, June 12, 1792: '... nur eine sommerliche Dämmerung brach sich durch die Fenster, und kuckte schläfrig hinter den weissen Gardinen hervor, die Nacht schien mit trüben, verdriesslichen Augen nach dem Tage hinzublicken' (W. H. Wackenroder, *Werke und Briefe*, ed. Friedrich von der Leyen, Jena, 1910, vol. ii, p. 51). *Cf.* also *Schriften*, *ed. cit.*, vol. ii, p. 70, and *Nachgelassene Schriften*, ed. R. Köpke, Leipzig, 1855, vol. i, p. 34.
[2] *Cf.* the stormy weather which coincides with or is the immediate presage of disaster in *Die Elfen, Der Fremde, Der getreue Eckart und der Tannhäuser*.

child of Eckbert's father, and so Eckbert has unwittingly married his half-sister. The time Bertha spent in the remote forest-world was, as the old woman says, a *Probezeit*. It offered a mysterious possibility of redemption from the sin of her birth, a redemption that is suggested by the old woman's hymn-singing, and symbolized by her offering to Bertha of bread and wine, and by the repeated comparison of the woodland retreat to a paradise.[1] But Bertha fails to complete her testing-time and so the curse must run its course, leading her and Eckbert to incestuous marriage, misery, and early death.[2]

The conception of the supernatural in these tales as an external power intervening ruthlessly in human lives is, however, only one side of the picture. A shifting of viewpoint from the naïve fairy-tale angle to the sophisticated psychological one reveals the self-same series of uncanny events in an entirely different light— as a projection of man's own mind rather than an incursion from outside. This is particularly clear in *Der blonde Eckbert*. We are told that Eckbert is mad at the end of the tale, and it is possible to discern signs of an abnormal psychological state from the beginning. We know that he is pale and hollow-cheeked, that he seeks solitude, that he is continually troubled by his wife's strange past. An inward tension gradually develops into an indescribable feeling of unrest, coupled with a growing abhorrence for his one-time friend. When he shoots Walther, he is in such a state of inner turmoil that he is beside himself and hardly responsible for his own actions; and afterwards he is driven almost demented by pangs of remorse. In a moment of intense emotional upheaval he imagines that he sees his murdered friend Walther in the form of his new friend Hugo. From this time onwards he suffers from insomnia and is tormented by the suspicion that he is going mad, and that the strange things that seem to happen to him are really only the product of his own over-excited brain. He even tries a psychological experiment on himself to ascertain whether this is so. 'Was gilts', he says to himself, when he meets a peasant in the forest, 'Was gilts, ich könnte mir wieder einbilden, dass dies Niemand anders als Walther sei?' And he looks at the peasant again, and indeed, it is

[1] p. 5, l. 27, and p. 6, ll. 16 f.
[2] As the French critic Robert Minder has pointed out, Tieck's interest in the brother-sister relationship is reflected in other works of his early period (*v. Ludwig Tieck*, Paris, 1936, pp. 104–5).

Walther. This would seem to be proof positive of his unbalanced state of mind. It is followed by a complete inability to distinguish between reality and hallucination, and leads on to the final paroxysm. Approached purely from this angle, Eckbert's life-story can almost be regarded as a case-history of incipient madness, and his sudden revulsion of feeling for one friend after another partakes of the nature of persecution mania.[1] The story of Bertha's development also allows of a psychological interpre-tation. The transformation that comes over her in the forest, changing her from an awkward, miserable, stupid child to one who learns with ease to read and spin and keep house, needs no magical explanation. It can equally well be considered as the psychological phenomenon of the unloved, ill-treated child, who suddenly blossoms and develops when she is removed to a more congenial environment and given a sense of her own importance. Even small details of the narrative present the possibility of two contrasting explanations. For instance, at crucial moments both Bertha and Eckbert act without conscious reasoned intent, indeed, almost without a will of their own. Bertha is mysteri-ously impelled to steal the bird and leave the dog to its fate;[2] Eckbert shoots Walther without even realizing what he is doing; the question whether they are driven to action by an obscure sub-conscious impulse or by the will of the supernatural power is left unanswered. Similarly Bertha's dream of the old woman may be regarded either as a supernatural incursion or as the expression of pangs of conscience suppressed in the waking state. Perhaps it is even possible to accept both interpretations at the same time, for, strangely enough, Tieck is able to find a way of presenting them to the imagination as if they were not mutually exclusive, and so to eliminate another boundary separating apparent opposites. Seen in the light of reason, the two views are clearly incompatible; but, as we shall see, Tieck uses every possible device of form and content to dissuade the reader from approaching the narrative in a coldly intellectual frame of mind, and to make him feel that even the psychological

[1] Tieck slips in a general psychological observation that lends support to this interpretation: 'Wenn die Seele erst einmal zum Argwohn gespannt ist, so trifft sie auch in allen Kleinigkeiten Bestätigungen an' (p. 14, ll. 14 ff.).

[2] Cf. also Bertha's description of her parting from her childhood home: 'Als der Tag graute, stand ich auf und eröffnete, fast ohne dass ich es wusste, die Thür unsrer kleinen Hütte. Ich stand auf dem freien Felde, bald darauf war ich in einem Walde' (p. 3, ll. 32 ff.). The choice of the verbs *war* and *stand* reinforces the effect of un-willed action.

interpretation does not dispose of the supernatural, but simply transfers it from outside to inside man's mind.[1]

This two-fold interpretation of one set of events can be paralleled in several of Tieck's early tales. In *Der Runenberg* the reader is left wondering whether Christian really undergoes persecution by a supernatural power, or whether he merely imagines his uncanny experiences, just as he imagines in his crazed state at the end that his pebbles and bits of quartz are precious stones. In other words, it is not clear whether his strange experiences drive him mad or whether incipient madness causes him to suffer from delusions. At one point in *Der getreue Eckart und der Tannhäuser* it seems certain that the Venusberg and its magical delights are only figments of the hero's deranged mind; his belief that he has murdered Friedrich, his rival in love, and caused Emma to die of a broken heart is undoubtedly a delusion, for both are alive and happily married. But at the end of the tale the matter-of-fact Friedrich is himself lured away to the Venusberg, and the reader is again left with an unsolved problem. In *Liebeszauber*, too, it is not clear whether, on the one hand, the baleful green glance of a dragon and the sight of his beloved engaged in the ritual murder of an innocent child bring about Emil's nervous collapse and total amnesia, or whether, on the other hand, these experiences are hallucinations resulting from his abnormal psychological condition.[2] It seems that in each of these tales, as in *Der blonde Eckbert*, the reader is intentionally left in a state of uncertainty. And not only the reader. The characters themselves are confused. They, too, wonder where are the boundaries between the real and the supernatural, waking and sleeping, sanity and madness.[3] They are continually brought up short by doubts in the validity of their own sensuous impressions and intellectual concepts. They, too, experience one thing from two different angles; their first impression is belied by a second one. There is thus on two planes a pervasive sense

[1] There are, of course, elements in the story which do not admit of a double interpretation; the magic bird and its eggs, for instance, belong entirely to the fairy-tale tradition.

[2] Tieck was keenly aware of the unanswerable problems presented by human nature. In a letter to Wackenroder (December 28, 1792) he wrote: 'Wir werden nie das Rätsel von uns selbst auflösen' (W. H. Wackenroder, *Werke und Briefe, ed. cit.*, vol. ii, p. 163). In his interest in the *Nachtseite* of human nature he is a precursor of E. T. A. Hoffmann.

[3] *v.* for instance Eckbert's confusion: '. . . er konnte sich nicht aus dem Räthsel heraus finden, ob er jezt träume, oder ehemals von einem Weibe Bertha geträumt habe' (p. 18, ll. 19 ff.).

of insecurity, a feeling that there is nothing universally valid and reliable, that everything changes with the angle of vision.[1] This never-static, kaleidoscopic changefulness is the main source of the peculiar atmosphere of Tieck's tales.

2

In *Der blonde Eckbert* every detail of style and form is perfectly devised to reinforce this dreamlike atmosphere, and to lull to sleep the intellectual censorship of reason. The narrative flows gently on in a subdued, unemphatic tone. There are no dramatic antitheses, no rhetorical points to startle the intellect into activity. The syntax is extremely simple; the clauses are more often loosely connected by co-ordinating conjunctions than logically linked by subordinating conjunctions. There are sequences of clauses of almost unvaried length, which fall on the ear with a monotonous, hypnotic rhythm.[2] The diction, too, is plain and unpretentious. There is no striving for poetic effect; there are no exotic words to interrupt the fluid progression by drawing attention to themselves. Only here and there, at moments of emotional intensity (for instance, the description of sunset, p. 6, ll. 10 ff.[3]), the prose becomes even more melodious and persuasive. The words seem to come from a remote distance and to have lost their weight and substance. By a magical combination of vowels and consonants the emotional mood is expressed almost with the immediacy of music and without the intervention of logical thought. Indefinite qualifying words such as *beinahe, fast, kaum, vielleicht, ziemlich, gewöhnlich, ohngefähr* recur throughout the tale, constantly blunting the edge of the statements. Similarly phrases such as *es war mir, als . . ., es war fast,*

---

[1] This clearly bears a close relationship to contemporary philosophic thought. Kant had once and for all demonstrated the limitations of abstract rational thinking, and shattered the comfortable belief in the efficacy of intellectual concepts unrelated to sense impressions as a key to truth and reality. Fichte went still further with his contention that the whole world of phenomena is composed of subjective projections of man's own individual mind, and that the ego and the non-ego are thus identical.

[2] *v.* for instance p. 2, ll. 35 ff.: 'sonst hört' ich beständig von mir, dass ich ein einfältiges dummes Kind sei, das nicht das unbedeutendste Geschäft auszurichten wisse, und wirklich war ich äusserst ungeschickt und unbeholfen, ich liess alles aus den Händen fallen, ich lernte weder nähen noch spinnen, ich konnte nichts in der Wirthschaft helfen, nur die Noth meiner Eltern verstand ich sehr gut'. *Cf.* also p. 14, ll. 35 ff. ('Mit Berthas Krankheit . . .) and *passim.*

[3] *Cf.* also a passage in *Die Freunde* (*Schriften, ed. cit.*, vol. xiv, pp. 149 f.).

als wenn . . ., ich hatte eine Empfindung, als wenn . . ., ich glaubte zu bemerken . . . together with the recurrent use of the verb *scheinen* cast over the narrative a veil of doubt and supposition.

From the point of view of construction, too, the tale is strangely indefinite and insubstantial. The narrative is not tautly linked by normal epic means in accordance with the laws of cause and effect. Instead there is a changeful interweaving of theme and counter-theme, which is reminiscent of the freest of musical forms, e.g. the arabesque or fantasia. The world of reality and the world of the supernatural predominate alternately and form the two main recurrent contrasting themes. The incursion of the supernatural power is thrice marked by the song of the magic bird:

> Waldeinsamkeit,
> Die mich erfreut,
> So morgen wie heut
> In ewger Zeit,
> O wie mich freut
> Waldeinsamkeit.

The logical content of these lines is slight; but the monotonous rhythm and hypnotic recurrence of sound lends them the magically evocative power of an incantation. Each time they occur, they shatter the seeming security of the real world and call up in a flash the mysterious atmosphere of the forest solitude. Like a musical *leitmotiv* they gain associations from their context and so increase in emotional significance. At the first repetition the song not only revives memories of the past, but by a slight variation of the words—'O dich gereut / Einst mit der Zeit'— also points ominously into the future, where remorse is to be the key-emotion. The second repetition marks the final triumph of the supernatural; and the return to the original motif in the lines 'Von neuem mich freut / Waldeinsamkeit' now, in conjunction with the catastrophe, strikes an ironical, half-mocking note. By this means the salient points of the tale are linked. It is still more closely bound together by the recurrence of secondary themes: for instance, the theme of the requital of good by evil occurs three times (first when Bertha ungratefully deserts the old woman, again when she kills the bird which is the source of her wealth, and finally when Eckbert murders his friend Walther); twice friendship turns to enmity as the result of the revelation of a secret; the old woman's threat in Bertha's dream is recalled by Walther's threatening gesture when he sees Eckbert raise his bow; and Bertha's journey at the beginning is paralleled by Eckbert's at the end. Word-for-word repetition is also used, to give added intensity to the turning-point of the tale. Walther's remark: 'Ich kann mir Euch recht vorstellen, ... wie Ihr den kleinen Strohmian füttert', is at first slipped in unobtrusively, as if merely to round off Bertha's tale; but the word *Strohmian*, occurring with the unexpectedness of an interrupted cadence in music,[1] cuts through the atmosphere of smug security which has just been evoked, and recalls all the horrid uncertainty of a life under the influence of malignant powers. No comment is added; Bertha's mental and emotional agony is only revealed when, after a pause of suspense, the theme recurs in her explanation to Eckbert. Here the scene is re-lived, and the repetition of Walther's fateful words recalls the full horror of the past moment, and at the same time strikes home with a new terror, now that its implications are made plain.

This constant recurrence and interweaving of themes gives the tale its peculiar texture and helps to produce the strange elusive atmosphere.[2] A word or phrase sets the cords of memory vibrating and evokes a whole series of related associations and fleeting reminiscences. At many points suggestion and allusion make explicit statement unnecessary, and the economy of expression is striking.[3] The smoothly-flowing surface of the narrative conceals complex undercurrents which lend the words a significance far beyond their obvious logical content.

3

From his earliest youth Tieck wrote with an astonishing speed and facility. At school he would gladly produce essays and

[1] A passage in the essay *Die Töne* suggests that possibly Tieck had a musical parallel in mind. He writes: '... die Musik hat eben daran ihre rechte Freude, dass sie nichts zur wahren Wirklichkeit gelangen lässt, denn mit einem hellen Klange zerspringt dann alles wieder, und neue Schöpfungen sind in der Zubereitung'. These words exactly describe the effect of this moment in *Der blonde Eckbert*.

[2] *Der blonde Eckbert* is the most successful example in Tieck's works of this introduction of musical means into the art of words, but it is not the only one. There is, for instance, a somewhat similar development by recurrence of contrasting themes in *Der Runenberg* and in the second half of *Der getreue Eckart und der Tannhäuser*; and in *Liebeszauber* the *Dance of Death* motif and the colour *red* together gain the force of a *leitmotiv*. (v. my article 'Musical Form in some Romantic Writings', *Modern Language Review*, April, 1949.)

[3] This economy and restraint are all the more remarkable in comparison with the diffuseness of Tieck's novels, plays, and later *Novellen*.

stylistic exercises for his less gifted friends, and soon he was
engaged in hackwork for one of the younger masters, Rambach.
Before going up to the university he had written a dramatic
fragment, *Die Sommernacht* (1789), a three-act play, *Alla Moddin*
(1790–91), and a sentimental oriental idyll, *Almansur* (1790). As
a student his literary attempts became still more ambitious, and
the doubt and despair that beset him at this time are reflected in
two full-length novels—*Abdallah* (1791–92, published 1795) and
Geschichte des Herrn William Lovell (1792–93, completed 1795–96)—
and in a five-act tragedy, *Karl von Berneck* (1793–95).[1] Thus,
though only twenty-two when he began to write *Der blonde
Eckbert* (1795–96), Tieck had already tried his hand at a variety
of literary forms. In 1795 the publisher Friedrich Nicolai
handed over to him the editorship of the *Straussfedern*, a collection
of tales intended in true rationalist style to combine entertainment
with instruction,[2] and in 1797 Nicolai's son Carl published a
somewhat heterogeneous collection of works by Tieck in three
volumes under the title *Volksmärchen von Peter Leberecht*. It was
in the first of these volumes that *Der blonde Eckbert* appeared.
The alliance between the arch-rationalist and the young roman-
ticist was clearly an uneasy one from the beginning, and the
inevitable break came in 1799.

In the years 1812–16 Tieck collected some of his early *Märchen*
and *Märchenkomödien* within a framework narrative under the
title *Phantasus*. It would seem that *Der blonde Eckbert* held a
particular place in his affections, for he placed it first in the series
and made the characters of the framework agree in preferring it
to all the other tales. In the present edition the *Phantasus* version
has been chosen,[3] since it is the more polished and carefully
considered of the two, and yet has lost none of the charm of the
original. A comparison of the two versions[4] yields evidence of
a detailed revision of the text, though most of the alterations are
of only small significance; for instance, the omission of one or

---

[1] For further details about Tieck's early works *v*. R. Minder, *op. cit*. pp. 84–
103.

[2] J. K. A. Musäus edited volume i of the *Straussfedern* (1787); after his
death the work was continued by J. G. Müller of Itzehoe until 1791 (vols. ii
and iii). There was then a break in the publication until Tieck took over the
editorship. Under Nicolai's direction he at first translated and adapted
French tales; but soon he found it easier and more amusing to write original
ones. He was responsible for volumes v–viii (1795–98).

[3] *Schriften, ed. cit*., vol. iv, pp. 144–169.

[4] *v*. Appendix A.

more superfluous words, slight additions to make the meaning
more explicit, the substitution of one word for another in order
to avoid repetition. In a few cases the co-ordinating conjunction
und is replaced by a subordinating conjunction, or the construction is slightly tightened by some other means.[1] There are four
examples of the replacing of the indicative by the subjunctive.
The second version is sometimes neater[2] or more euphonious
than the first,[3] its verbal usage more modern[4] or more correct.[5]
Such alterations bear witness to stylistic polishing, but have little
or no effect on the content.

There are also, however, a few changes of more far-reaching
significance. For instance, the phrase: 'das Rieseln der Quellen
und von Zeit zu Zeit das Flüstern der Bäume tönte durch die
heitre Stille wie in wehmüthiger Freude'[6] is completely new and
has replaced the original: 'und die Abendglocken der Dörfer
tönten seltsam wehmüthig über die Flur hin'. This emendation
not only emphasizes the seclusion of the woodland cottage,[7] but
at the same time shows Tieck consciously aiming at a Romantic
effect. It seems strange that the words 'in wehmüthiger Freude'
which express such a characteristically Romantic conception—
the merging of two opposite emotions—should have been a late
addition to the text. Two other emendations, though only slight,
show a similar tendency. The change of prefix from *hinein* to
herein in the sentence: 'Die Nacht sah schwarz zu den Fenstern
herein'[8] places the reader inside the room with the three characters and so indirectly heightens the uncanny inimical effect of
the forces of nature outside. In the description of the song of
the magic bird: 'fast, als wenn Waldhorn und Schallmeie ganz
in der Ferne durch einander spielen'[9] the words 'ganz in der
Ferne' occur in the later version only, though they seem indis-
pensable to the evocation of this peculiarly indefinite musical
sound. Perhaps when Tieck came to examine this passage in

[1] e.g. p. 5, ll. 2 ff.; p. 16, ll. 37 ff.
[2] e.g. p. 3, ll. 35 f.
[3] e.g. p. 2, l. 10; p. 9, l. 24.
[4] e.g. *ihretwegen* for *ihrentwegen* (p. 1, l. 14), *verabscheut* for *verabscheuet* (p. 16, l. 35).
[5] p. 5, l. 16; p. 8, l. 38; p. 9, ll. 32 f.
[6] p. 6, ll. 17 ff.
[7] *Cf.* p. 8, ll. 4 ff.: 'dass die Wohnung abentheuerlich und von allen Menschen entfernt liege', which ran in the first version: 'dass die Wohnung etwas abentheuerlich liege'.
[8] p. 2, l. 7.
[9] p. 6, ll. 40 ff.

the cold light of reason, he realized that pipe and bugle heard at close range would produce an un-fairylike effect. The most considerable difference between the two texts, and a further example of this consciously romanticizing tendency, is the omission in the *Phantasus* version of a whole sentence from the middle of Bertha's narrative:[1] 'Ihr vergebt mir meine Weitschweifigkeit; so oft ich von dieser Geschichte spreche, werde ich wider Willen geschwätzig, und Eckbert, der einzige Mensch, dem ich sie erzählt habe, hat mich durch seine Aufmerksamkeit verwöhnt'. This remark interrupts the flow of the tale and brings back to the reader's mind the circumstances in which it is being told. It also forestalls any possible logical explanation of Walther's uncanny knowledge of Bertha's past, any suggestion that he may have heard the story already from a third person and have investigated it further for himself. By omitting the sentence Tieck avoids the break in the fairy-tale atmosphere and relies on the cogency of the narrative and the convincing force of this atmosphere to lull the reader's reasoning power into acquiescence.

There are, on the other hand, some emendations for which it is difficult to discover a reason. Why, for instance, did Tieck omit Hugo's second name (von Wolfsberg) in the later version? Did he, perhaps, feel that it was more in keeping with the atmosphere of the tale to leave his identity more indefinite? But, on the other hand, he leaves the full name Philipp Walther. It is also difficult to find any explanation for the alteration of the dog's name from *Strohmi* to *Strohmian*.

4

'Wenn ich zurück denke', Tieck wrote in 1829, 'so ist es sonderbar und wunderlich, aus welchen Veranlassungen ich gerade immer das ausarbeitete, was von mir da ist'.[2] The inception of *Der blonde Eckbert* must surely have been one of the strangest, for, according to Köpke, the starting-point was the bare title, unattached to any conception of theme and character. Köpke writes: 'Der jüngere Nicolai wünschte nichts sehnlicher, als das Erscheinen der Märchen zu beschleunigen. Häufig hatte er ungeduldig die Anfrage wiederholt, wie weit das Manuscript

[1] p. 4, after '... wäre ich vor Entsetzen fast in Ohnmacht gesunken' (ll. 13 f.).
[2] Letter to his brother, Friedrich, headed 'Am Michaelis-Tage', 1829 (*Letters of Ludwig Tieck 1792–1853, ed. cit.*, p. 200).

vorgerückt sei, oder was er unter der Feder habe. Um den
Dränger zufriedenzustellen hatte Tieck einmal auf gut Glück
geantwortet: "Der blonde Eckbert!" Es war ein Name, der ihm
in den Mund gekommen war. Später fiel ihm die Leichtfertigkeit
auf die Seele, mit welcher er eine Dichtung angekündigt hatte,
für die er bisjetzt weder Fabel noch Idee habe. Er setzte sich
zum Schreiben nieder. Da fand sich zu dem Namen ein Mann'.[1]

In the search for a theme to fit the title, Tieck's thoughts
turned to one of the tales told him by his mother when he was a
child. 'Von einer alten, unheimlichen Frau in ihrem väterlichen
Dorfe erzählte sie, die für die Jugend ein Gegenstand geheimen
Schauers gewesen war. Hässlich und böse sass sie allein und
schweigsam in ihrer Stube am Spinnrocken, nur einen kleinen
Hund litt sie um sich. . . . Am schrecklichsten erschien sie, wenn
ihr einziger Gefährte, der Hund, ihr entsprungen war. Dann
stand sie an der Thür und blickte spähend das Dorf hinab, oder
lief mit wunderlichen Geberden durch die Strassen und rief mit
gellender Stimme nach dem Hunde: "Strameh! Strameh!
Strameh!" '[2] This provided Tieck with a basis for his *Märchen*
and with the dog's name which, in a slightly altered form, was
to become the very crux of the plot.

It seems extremely probable that a literary reminiscence also
played a part. Tieck was doubtless familiar with Musäus's
famous *Volksmärchen der Deutschen* (1782–86), more especially as
he was in some measure regarded as Musäus's successor, both
as a writer of fairy-tales and as editor of the *Straussfedern*.
Bertha's narrative in *Der blonde Eckbert* shows a striking resemblance to the opening section of one of Musäus's tales, *Ulrich
mit dem Bühel*.[3] This, too, is set in a wild wooded region—the
Fichtelgebirge near the Bohemian frontier. The heroine, Egger
Genebald's widow, is, like Bertha, succoured in a wretched
plight by an old woman who offers her a refuge in her tiny
isolated cottage. The plot again turns round a magic bird, in
this case a hen that lays eggs of pure gold. When the old woman
sets out on the long journey to fetch bread from the village, the
young widow is left in charge of the cottage and the bird, and
soon she is assailed by the temptation to steal 'das alchimische
Huhn', as Musäus half ironically calls it. Before leaving, the old
woman had said: 'Wenn ich in sieben Tagen nicht wiederkomme,

[1] *Op. cit.*, vol. i, p. 210.
[2] *Ibid.*, p. 13.
[3] *Op. cit.*, Gotha, 1787–88, Theil iv, pp. 148–232.

so sehet ihr mich nimmer'. Egger Genebald's widow waits for
nine days and then feels that she has perhaps sufficient grounds
for regarding the hen as a 'tacit gift'. Like Bertha, she sets out
in great trepidation, expecting the owner to appear at any
moment and demand the return of her property. Here, however,
the parallel with Tieck's tale ends, for no retribution falls on
her. The clear-cut rationalistic tone of the narrative forms a
strong contrast with the ethereal fairy-tale atmosphere conjured
up by Tieck; but the similarity in setting and subject matter,
and the correspondence even in some small details[1] suggest that,
in Tieck's imagination, elements from *Ulrich mit dem Bühel* were
combined with the recollection of his mother's story. The fusion
of the two sources would present little difficulty, since both
centre in the traditional fairy-tale figure of the uncanny ugly old
woman. Two other motifs in *Der blonde Eckbert* are also part
of the stock-in-trade of the folk-tale: the magic bird, and the
theme of the return home after a long absence to find no-one but
strangers.

All this seems to constitute one layer of the material; and for
the rest Tieck drew largely on his personal experience.[2] Whether
consciously or not, he gave to Eckbert something of himself:
his own characteristic of changing from dreamy passivity to
sudden violent action,[3] his own vivid imagination and tendency
to experience hallucinations in moments of particular stress or
extraordinary emotional excitement,[4] his own fear of madness.[5]
Like Bertha and Eckbert, he, too, knew what it was to feel that
the past was pursuing him into the present; in a letter to Wackenroder he wrote: 'die Vergangenheit verfolgt mich allenthalben,
gleich einem zu zärtlichen Freunde'.[6] His own ill fortune must
have persuaded him of the instability of human relationships,

[1] *v.* notes on the text: to p. 5, ll. 33 ff.; p. 7, ll. 16 f.; p. 10, ll. 42 f.; p. 11,
ll. 40 f.

[2] Köpke says that Tieck's watchword was 'Man muss es erlebt haben!'
and adds: 'Er hatte erlebt, was er dichtete' (*op. cit.*, vol. ii, p. 150). *Cf.* the
following remark from Tieck's letter to his brother Friedrich (October 23,
1823): 'Ist denn nicht alles ächte Componiren eine Wiederkehr und Belebung
der Gegenwart und Wirklichkeit?' (*Letters of Ludwig Tieck 1792–1853, ed.
cit.*, p. 193).

[3] *v.* R. Köpke, *op. cit.*, vol. ii, p. 155.

[4] *v.* R. Minder, *op. cit.*, pp. 176–183, where there is a fully documented list
of Tieck's hallucinations.

[5] *v.* R. Köpke, *op. cit.*, vol. i, p. 142, and also letter to Wackenroder,
June 12, 1792 (W. H. Wackenroder, *Werke und Briefe, ed. cit.*, vol. ii, p. 54).

[6] *Ibid.*, p. 56 (in the same letter).

for his youthful devotion to friends such as Bothe, Piesker and
Schmohl turned to indifference and hostility, and he was tormented by the fear that even his passionate friendship with
Wackenroder might end in disillusionment.[1] Bertha's prototype
was almost certainly his sister Sophie. Like Bertha, she was
dreamy and sensitive and gifted with a vivid imagination. As a
child she, too, longed to do great things, and felt oppressed,
misjudged, unappreciated in the narrow, uncongenial atmosphere of her home.[2] Tieck's first-hand impressions of the Harz
and the Fichtelgebirge doubtless provided a basis for the setting
of the tale.[3]

These are some of the elements that went to the making of
Der blonde Eckbert. 'Wollte man freilich . . . genau erzählen',
Tieck wrote, 'aus welchen Erinnerungen der Kindheit, aus
welchen Bildern, die man im Lesen, oder oft aus ganz unbedeutenden mündlichen Erzählungen aufgreift, dergleichen
sogenannte Erfindungen zusammengesetzt werden, so könnte
man daraus wieder eine Art von seltsamer, mährchenartiger
Geschichte bilden'.[4] We can piece together part of this fairy tale
of creative composition, but there must be much more that
cannot be traced. And the essence of the magic, the alchemy by
which the heterogeneous components are welded into a unified
artistic whole, defies analysis.

---

[1] *v.* R. Köpke, *op. cit.,* vol. i, pp. 64–69; letter from Tieck to his father,
November 12, 1792 (*Letters of Ludwig Tieck* 1792–1853, *ed. cit.,* p. 6; letter from
Tieck to Wackenroder, May 29, 1792 (W. H. Wackenroder, *Werke und Briefe,
ed. cit.,* vol. ii, pp. 34–38; and letter from Wackenroder to Tieck, November
27, 1792 (*ibid.,* pp. 121 f.). *Cf.* also R. Minder, *op. cit.,* pp. 219 f.

[2] *v.* R. Köpke, *op. cit.,* vol. i, p. 156; also R. Minder, *op. cit.,* p. 104. Minder
notes that at the time when Tieck was working on this tale (1795–96) he and
Sophie were living together in a tiny cottage.

[3] *v.* notes on the text: to p. 1, l. 2; p. 4, ll. 21 ff.; p. 5, ll. 2 ff. and 24 ff.
Possibly the picture of the knight living in a lonely castle owes something
to one of Tieck's earliest literary products: an essay on the subject *Einsamkeit,*
which, according to Köpke, he had to write without the usual help from his
father. He handed it in with a feeling of despair, but to his great surprise it
was highly praised by the teacher. Instead of dealing with the theme in the
abstract, he gave a vivid concrete picture: 'Er schilderte einen Edelmann,
der sich im Winter auf sein neugekauftes Landgut begibt, und in der erstarrten
Natur in tiefer Abgeschiedenheit lebt' (R. Köpke, *op. cit.,* vol. i, pp. 48 f.).
Perhaps this incident marks the beginning of his literary career; in any case,
it must doubtless have remained in his memory.

[4] These words are placed on the lips of Anton, the fictional author of
Der blonde Eckbert in *Phantasus,* and are spoken with particular reference to
this *Märchen* (*Schriften, ed. cit.,* vol. iv, p. 170).

GESCHICHTE VOM BRAVEN KASPERL UND DEM SCHÖNEN ANNERL

I

In Brentano's *Geschichte vom braven Kasperl und dem schönen Annerl*, as in *Der blonde Eckbert*, heterogeneous material—fact and fiction, literary reminiscence and personal experience—is fused into a strangely compelling whole. According to Brentano's biographer, J. B. Diel,[1] there are three main components: two incidents from real life and an old folk-song. Diel writes: 'Im Frühling des Jahres 1817 kam Clemens an einem Abend ganz trostlos zur Mutter Luise Hensels.[2] "Erzählen Sie mir doch eine Geschichte, die ich wieder schreiben kann", redete er die erstaunte Frau an; "ich weiss eine Familie in grosser Noth und muss ihr helfen, aber ich habe im Augenblick keine so starke Summe". Nach einigem Sträuben erzählte die Hausfrau zwei Geschichten, die sich wirklich ereignet hatten: einen Kindermord in Schlesien und den Selbstmord eines Unteroffiziers, der zu viel auf seine Soldatenehre hielt. Brentano griff beide rasch auf und verschmolz sie auf Grundlage eines alten Volksliedes zu einem künstlerischen Ganzen'. In the same year the tale was accepted for publication by F. W. Gubitz[3] and so we may assume that Brentano achieved his charitable aim.

Since the main source is an oral one it is impossible to discover how much Brentano's narrative owes to it. The folk-song, however, has been identified as the one included by Arnim and Brentano in their collection *Des Knaben Wunderhorn* (1805–08), under the title *Weltlich Recht*.[4]

> Joseph, lieber Joseph, was hast du gedacht,
> Dass du die schöne Nanerl ins Unglück gebracht.

[1] *Clemens Brentano. Ein Lebensbild*, ed. W. Kreiten, Freiburg i/B. 1877, vol. ii, p. 89.

[2] Brentano met and fell in love with Luise Hensel in 1816, and was profoundly influenced by her in the succeeding years (*v. infra*, pp. xxx f.).

[3] It appeared in *Gaben der Milde*, vol. ii, ed. F. W. Gubitz, Berlin, 1817. The text followed in the present edition is contained in vol. iv of Brentano's *Gesammelte Schriften* (vols. i–vii edited by his brother Christian, Frankfurt a/M. 1852; vols. viii–ix under the sub-title *Gesammelte Briefe von Clemens Brentano* 1795–1842, 1855). The two versions are largely identical. The few variations are listed in Appendix B.

[4] *Des Knaben Wunderhorn*, ed. E. Grisebach, Leipzig [1906], pp. 469 f.

Joseph, lieber Joseph, mit mir ist's bald aus,
Und wird mich bald führen zu dem Schandtor hinaus.

Zu dem Schandtor hinaus, auf einen grünen Platz,
Da wirst du bald sehen, was die Lieb' hat gemacht.

Richter, lieber Richter, richt nur fein geschwind,
Ich will ja gern sterben, dass ich komm' zu meinem Kind.

Joseph, lieber Joseph, reich mir deine Hand,
Ich will dir verzeihen, das ist Gott wohl bekannt.

Der Fähndrich kam geritten und schwenket seine Fahn',
Halt still mit der schönen Nanerl, ich bringe Pardon.

Fähndrich, lieber Fähndrich, sie ist ja schon tot:
Gut' Nacht, meine schöne Nanerl, deine Seel' ist bei Gott.

As he listened to Frau Hensel's account of a case of infanticide, this song on the same theme would naturally recur to Brentano's mind. From it he seems to have derived both the name of his heroine and the main outline of her story: seduction, infanticide, condemnation, the victim's forgiveness of the seducer and her readiness to accept due punishment, the execution, and the arrival of the ensign when it is just too late—all this recurs in Brentano's tale of the 'fair Annerl'. The only important innovation in the plot—one which heightens the dramatic tension and compactness of the narrative—is the fusion of the seducer and the bearer of the reprieve into one and the same person: Grossinger. Besides drawing on the content of the folk-song, Brentano has also captured something of its particular tone and style by placing the main part of his narrative on the lips of a figure who is essentially of the *Volk* and for whom folk-song and folk-lore are an integral part of life. Through the medium of the old grandmother's words, the story emerges with the laconic unemotional flavour, the matter-of-fact acceptance of tragedy and the disjointed repetitive style which are characteristic of the folk-song in general and of *Weltlich Recht* in particular.

A possible source for the part of the story dealing with Kasperl's fate has been discovered by G. Roethe[1] in the fragment

---

[1] *Brentanos 'Ponce de Leon'*, Göttingen, 1901 (*Königliche Gesellschaft der Wissenschaften*. Abhandlungen, philologisch-historische Klasse, Neue Folge, v, 1), p. 75, note 1.

of a popular song published by Schullerus in the *Korrespondenz-blatt des Vereins für siebenbürgische Landeskunde*.[1] It tells of a murderous midnight attack on a peaceful house and of the defence made by two officers who happen to be sleeping there. Taking cover behind the door of their room, they shoot one of the intruders and cut off the hand of another, without seeing their faces. They then make their way to the near-by castle, which is seemingly the home of one of them, for he immediately inquires after his father and brother. He receives the following answer:

> Ach seht dort in dem nahen Wald,
> Wo nur allein die Eule wacht,
> Traf gestern Nacht, welch bittrer Schmerz
> Die Kugel eures Bruders Herz.
> Ein Wilddieb ach (Hs. Wildibach) welch bittrer Gram
> Zerschoss dem Vater seinen Arm.
> Der Vater krank, der Bruder todt
> Ach wer beschreibt die grosse Noth.
> Ach flieht, mein Kind, flieht diesen Ort,
> Hier wohnt ja nichts als Raub und Mord.

It seems clear that the murderous assailants were, in fact, the officer's father and brother, and thus, as Roethe points out, Brentano's tale contains a close parallel to the whole situation in the account of the attack on the mill, Kasperl's defence, and the subsequent revelation of the identity of the robbers.

It seems possible that Brentano also drew on a further source: the autobiographical notes of Meister Frantz, executioner in Nuremberg from 1573 to 1615.[2] The work contains an enumeration of all the malefactors that passed through Meister Frantz's hands during his period of office, together with information as to the nature of the offence and the punishment inflicted. Besides details of various cases of infanticide, it includes accounts of a nocturnal attack on a mill (no. 7, p. 4), the theft of horses from a miller (no. 136, p. 46), and the execution of one Georg

[1] Jahrgang xxi, no. 7, 1898.

[2] *Meister Frantzen Nachrichters alhier in Nürnberg, all sein Richten am Leben, so wol seine Leibs Straffen, so Er ver Richt, alles hierin Ordentlich beschrieben, aus seinem selbst eigenen Buch abgeschrieben worden*, ed. J. M. F. von Endter, Nürnberg, 1801; *v.* also the article by A. Walheim: 'Meister Frantz . . . Eine unbekannte Quelle von Brentanos Geschichte vom braven Kasperl und dem schönen Annerl (*Zeitschrift für den deutschen Unterricht* xxviii, Leipzig and Berlin 1914).

Praun, whose head continued to move after it was severed from the body (no. 215, p. 90).[1] The occurrence of variations of all these three motifs in Brentano's tale, together with his choice of the name Meister Franz for the executioner, suggests that he may have owed something to this source.

The problem of a right sense of honour and its particular significance for the soldier was one on which Brentano had already touched in passing in an earlier work—his comedy *Victoria und ihre Geschwister*, 1813.[2] Here already occurs the admonition 'Gib Gott die Ehre',[3] which was to acquire ominous significance in the story of Kasperl and Annerl; and the basic content of this tale seems to be foreshadowed in the following lines spoken by Lippel, one of the main characters of the comedy:

> Wer vor der Zeit strebt nach zu grosser Ehre,
> Kommt zu der Zeit wohl leicht zu grossen Schanden.[4]

Besides these sources, there are woven into the narrative threads of Brentano's own personal experience. The year in which the tale was written, 1817, marks a turning-point in his life, for it was also the year of his return to the Roman Catholic Church in which he had been brought up as a child. In February he made his general confession, and from that time onwards devoted himself in the main to religious pursuits. This was no unpremeditated decision, but the climax of a prolonged period of spiritual and emotional turmoil. His letters and poems reveal that for years he had been tortured by doubts and anxieties concerning the very purpose of life. By 1816 he seems to have been almost overwhelmed by a welter of questions to which he could find no answer, or only self-contradictory answers. 'Die Welt ist so verwirrt', he writes, 'ein Jeder ruft: Hier, hier ist der rechte Weg! und darüber komme ich zu Nichts. . . . bei Allem,

---

[1] The passage runs: 'Georg Praun—allhie mit dem Schwerdt gericht, dessen Kopff sich auff den Stein hin und wider gekehret, und bewegt, als ob er sich umb sehen wolt, die Zung bewegt, den Mund auf thun als ob er Reden wolt, bey einer guten halben Viertelstund, dessen ich mein tag nie mahls gesehen hab.'

[2] It is also interesting to note that the heroine of the play is called Anne (also Annerl and Ännchen) and that there is a minor character, Nannerl.

[3] *Gesammelte Schriften, ed. cit.*, vol. vii, p. 358.

[4] *Ibid.*, p. 397. *Cf.* the following couplet from the so-called *Soldatenkatechismus* included in the same comedy:

> 'Halt auf die Ehr', doch überhör'
> Ein Wort, das leicht vom Munde streicht' (*ibid.*, p. 394).

Allem frage ich: Ach, wozu?'[1] He was acutely conscious of the ambiguity of all things, and not least of his own actions. He lamented his own lack of singleness of purpose, his 'innere Doppelthätigkeit', as he called it;[2] and tormented himself with queries as to the validity of his life and work as a poet.[3] Amidst this growing torment of uncertainty he longed above all for some fixed standard and aim, and for something in which to believe.[4] Already in the spring and summer of 1816 he was debating the possibility of a return to the Catholic Church and longing desperately to recapture a simple religious faith, which might provide a solution to all his problems. 'Ich kann noch nicht so recht in die Unschuld des Glaubens kommen', he complained, 'aber ich muss, ich muss!'[5] It was Luise Hensel, with whom he fell in love in the autumn of 1816, who finally persuaded him that such a childlike belief was indeed possible. Though the daughter of a Protestant parson, she was herself inclining towards Roman Catholicism, and when Brentano spoke to her of his doubts and wretchedness, she is said to have replied: 'Was sagen Sie das einem jungen Mädchen? Sie sind so glücklich, die Beichte zu haben. Sie sind Katholik; sagen Sie Ihrem Beichtvater, was Sie drückt'.[6] At Christmas-time, 1816, she sent him a number of her own religious poems, and in these Brentano—always receptive to things presented to him in poetic form—found a perfect example of the unquestioning faith he was seeking. How much these poems meant to him in his extremity of despair is revealed in a letter to his brother Christian:

Als ich verwüstet, geängstigt, im Innern unheilbar krank, erstarrt gegen Gott und geekelt gegen die Welt, wie in einer pfadlosen Traumöde im verderbten Leben stand, und verzweifelt an mir selbst, ohne Lust am Bösen und Guten, nichts war als ein dumpfer, toter Mensch: hat der schwer geprüfte,

[1] Letter to Ringseis, February, 1816 (Clemens Brentano: *Gesammelte Schriften, ed. cit.*, vol. viii, pp. 183 f.).
[2] Letter to Luise Hensel, December, 1816. (*Ibid.*, p. 209. *Cf.* also p. 207.)
[3] Letter to Hoffmann, 1817. (*Ibid.*, p. 236.)
[4] *v.* his poem of December, 1816: *Frühlingsschrei eines Knechts aus der Tiefe* (*Gesammelte Schriften, ed. cit.*, vol. i, p. 31), and the poem *Kennst du das Land* which was also written during this period of crisis and which contains the lines:

'Nimm doch den Zweifel ganz von mir,
Lass' mich doch ganz vertrauen.' (*Ibid.*, p. 477.)

[5] Letter to Ringseis, August 20, 1816 (*Gesammelte Schriften, ed. cit.*, vol. viii, p. 199).
[6] L. Brentano, *Clemens Brentanos Liebesleben*, Frankfurt a/M., 1921, p. 198.

bestandene, kindliche Geist, der diese Lieder aus inniger Liebe zum Herrn gesungen, sich meiner, wie der Samariter des unter die Räuber Gefallenen, rücksichtslos auf manche Schmach erbarmt, und ohne Absicht, ohne Vorbewusstsein einer Heilungskraft, mich aufgerichtet, geduldet, gestärkt und zur Heilung geführt.[1]

It was on Luise Hensel's suggestion, too, that Brentano visited the ecstatic nun, Anna Katharina Emmerich, in Dülmen, Westphalia, where he stayed from 1818 to 1834 to record and interpret her revelations.[2] Luise thus exercised a profound influence over him at this crucial point in his life, and was instrumental in bringing him back to the Church and in directing his mind towards those religious pursuits which were to occupy him for many years to come.

Die Geschichte vom braven Kasperl und dem schönen Annerl bears unmistakable traces of the spiritual crisis through which Brentano was passing at the time of writing it. He has endowed the fictional narrator with his own acute awareness of the problematic nature of life in general and his own tortured doubts as to the value of the poet's life in particular. The narrator, like Brentano himself, feels insecure and is full of vain questionings concerning the purpose of things. 'Was sind alle Leiden, alle Begierden meiner Brust', he exclaims, 'die Sterne gehen ewig unbekümmert ihren Weg, wozu suche ich Erquickung und Labung, und von wem suche ich sie und für wen?' The anecdote about the French non-commissioned officer, the query concerning his own occupation, only present him with more unsolved problems, more subjects for inconclusive speculation. In the figure of the aged grandmother, on the other hand, Brentano seems to have embodied the qualities which he knew to be lacking in himself but which he longed to acquire. Her attitude to life is never complicated by probing speculation. She knows exactly what she wants and is filled with an undeviating singleness of purpose which spans the whole tale. 'Ich will nicht sterben', she announces at the beginning, 'bis er [Kasperl] in seinem ehrlichen Grabe liegt'; and disregarding all else, she pursues this end calmly and unwaveringly until the final salvo rings out over Kasperl's grave. This determined pursuit of an immediate aim is, however, only one instance of her basic

[1] December 3, 1817 (*Gesammelte Schriften, ed. cit.*, vol. viii, p. 238).
[2] *v. Sämtliche Werke*, ed. C. Schüddekopf, München und Leipzig, 1909–17, vol. xiv (1 and 2).

security and stability in life, which is founded on her simple, childlike, religious faith. Her relationship to God is completely free from mystical or speculative elements. She speaks to Him easily and naturally—indeed, at one point, when she is giving thanks to God, the narrator thinks by mistake that her remark is addressed to him. She delights in things as they are, 'weil es Gott so treulich damit meint'. She is ready to accept trial and tribulation and even to thank God for dulling one grief by the infliction of a still greater one. Whatever may befall, she feels that man's lot is far better than he deserves.[1] Her attitude is one of perfect submission to, and active participation in, the divine will. Hers is the same innocent faith which Brentano himself longed passionately to acquire, and which only a few weeks before had been revealed to him so convincingly in Luise Hensel's poems.[2] This substratum of personal experience combines with the sombre material from other sources to lend the tale a peculiar intensity which makes it unique among Brentano's works.

2

The history of nineteenth-century fiction shows a steady development towards a greater degree of realism both in the choice of subject and in its presentation. One aspect of life after another is gained for literature; character, setting and diction are more and more closely modelled on everyday reality, until this literary trend finds its culmination in the photographic accuracy of naturalism. Even within the Romantic period a tendency in this direction is already apparent: the works of Arnim, Brentano, Chamisso, and Hoffmann, fantastic though

---

[1] *Cf.* the lines from Brentano's poem beginning 'Sei geduldig':

> 'Unter Dornen musst du liegen,
> Ach! dir geht's noch viel zu gut'

> (*Gesammelte Schriften, ed. cit.*, vol. i, p. 474).

[2] Lines such as the following from Luise Hensel's poems might well be spoken by the old grandmother herself:

> 'Wie Gott, der Herr, dein Leben fügt,
> So ist es wohlgethan'

> (*Ermunterung.* Brentano, *Gesammelte Schriften, ed. cit.*, vol. viii, p. 254).

> 'Wer stille hofft und glaubt und liebt,
> Kann nicht verlassen sein' (*Hinweisung. Ibid.*, p. 242).

(These poems are quoted in Brentano's letter to his brother Christian, December 3, 1817.) See also notes to the text: notes to p. 25, ll. 41 f.; p. 37, ll. 3 f.

they may be in parts, are yet far more firmly grounded in reality
than are the works of the young Tieck and the other early
Romantic writers.

Brentano's *Geschichte vom braven Kasperl und dem schönen Annerl*
is one of the works of Romanticism which unmistakably fore-
shadow future literary developments. For instance, it does not,
as does so much Romantic fiction, deal with characters who for
one reason or another are aloof from mundane cares or at least
freed from the necessity of earning a living. On the contrary,
it is a tale of village folk in their everyday life, one of the earliest
of the *Dorfgeschichten* which were to become an important branch
of fiction later in the century.[1] Moreover, the ideals of human
behaviour set forth in it—a kind heart and a quiet spirit, fortitude
in adversity and unassuming devotion to unexciting duties—
form a strong contrast with the lofty but vague and impractical
ideals and aspirations which we recognize as the hall-mark of
Romanticism. Lowly sublunary virtues had, in general, little
appeal for the Romanticists, indeed they tended to despise such
qualities as pertaining to the Philistine. Only later in the century,
in the Biedermeier period,[2] was the life of unselfish activity in
a limited sphere to become a favourite literary theme. Yet
another innovation in Brentano's tale is the concentration of
sympathetic attention on the figure of the aged grandmother.
From the very beginning it is she, rather than the young lovers,
who captures our interest. In her the ideal of the obscure life
is impressively represented. Seen through the admiring eyes of
the fictional narrator, she seems to grow in stature until she

[1] *Cp.* Freiligrath's poem *Dorfgeschichten*, which numbers Brentano among
the originators of this *genre* in Germany:

> 'Dann kam Brentano! wie mit Blutestropfen
> Schrieb der sein Annerl in gewalt'gen Zügen!
> Der wusst' es wohl wie niedre Herzen klopfen,
> Und wie so heiss des Volkes Pulse fliegen!'

Some of Brentano's successors in this field were Immermann, Annette von
Droste-Hülshoff, Gotthelf, Auerbach, Keller, and Rosegger.

[2] The term *Biedermaier* (first used by Ludwig Eichrodt in the titles *Gedichte
des schwäbischen Schullehrers Gottlieb Biedermaier*, 1855 ff., and *Biedermaiers
Liederlust*, 1869) suggests the comfortable solidity and unenterprising,
resigned temper of the predominantly middle-class culture that succeeded
the age of Romanticism. (For information on various aspects of the Biedermeier period see articles by H. Pongs and B. v. Wiese in *Dichtung und
Volkstum*, vol. xxxvi, 1935; by G. Weydt and W. Bietak in *Deutsche Viertel-
jahrsschrift für Literaturwissenschaft und Geistesgeschichte*, vol. ix, 1931, and by
P. Kluckhohn and G. Weydt in the same periodical, vol. xiii, 1935).

dominates the whole story. At a time when writers were inclined
to disregard old age as an uncongenial theme, or else to make
use of it as a source of mystery and horror,[1] there is hardly a
fictional character to compare with her.[2] She was, however, to
be followed later in the century by a long line of indomitable
old ladies and gentlemen with hearts of gold, among them the
old peasant Joggeli in Gotthelf's *Joggeli der Erbvetter*, the aged
grandmother in *Das Heidedorf* by Stifter, Frau Grünhage and
the night-watchman Marten Martens in Raabe's novel, *Das Horn
von Wanza*, and the faithful servant Hansen in Storm's tale, *In
St. Jürgen*. Like Kasperl's grandmother, these characters arouse
admiration, not on account of any spectacular achievement, but
just because they are old yet undaunted, because they have
weathered the storms of life and in the process gained a store of
practical wisdom and experience. This sympathetic attitude to
old age is accompanied in mid-nineteenth-century fiction—for
instance, in many of the works of Stifter and in *Der Oberhof* by
Immermann—by a new emphasis on the continuity and sameness
of life through the years. In this respect, too, Brentano anticipates subsequent developments in his *Geschichte vom braven
Kasperl und dem schönen Annerl*. Old Anne Margareth looks back

[1] Of the few elderly characters in Romantic fiction nearly every one is
surrounded by a Romantic aura of strangeness, e.g. Werdo Senne in Brentano's early novel *Godwi*, the old women in Tieck's tales *Der blonde Eckbert*
and *Liebeszauber*, and Omar in his early novel *Abdallah*.
[2] It is interesting to note that in two of Brentano's poems written about
the same time as *Die Geschichte vom braven Kasperl und dem schönen Annerl*,
attention is also focused on the figure of an old woman. The poem headed
Aus einem ungedruckten Romane 2 (*Gesammelte Schriften, ed. cit.*, vol. i, p. 470)
even deals with a somewhat similar situation:

'Am Markte sass auf einem Stein
Ein altes bleiches Weib in bittern Zähren. . . .'

Here, too, the poet is moved and impressed by the old woman's quiet, self-
contained grief: 'Sie weinte still vor sich hat nicht gemurrt', and he gives
her what little money he has. In *Die Gottesmauer* (a poem quoted by Brentano
in a letter to Ringseis, February, 1816, *Gesammelte Schriften, ed. cit.*, vol. viii,
p. 185) the central figure is 'ein frommes Mütterlein', and, like Kasperl's
grandmother, she is sustained through a long and trying night by her
implicit confidence in God. Terrified and defenceless in a country infested
by bands of marauders, she says:

'Herr, in Deinen Schooss ich schütte
Alle meine Angst und Pein'. (vol. i, p. 238.)

Her faith is vindicated, for a thick wall of snow piles up around her cottage
during the night and effectively protects her and her small grandson from
the danger.

over the long span of her eighty-eight years and finds that, though surface appearances may change, things are fundamentally the same as ever. Sitting just where she used to sit seventy years before, she sings the same song as she did then, and reiterates: 'Es ist alles einerlei'.[1] Meister Franz for his part stubbornly upholds the traditions and practices handed down from his forefathers and resists innovation. 'So haben's meine Väter gehalten', he proclaims, 'so halt' ich's'.[2] This is very different from the recurrent lament in literature of the Romantic period for the inevitable transience of all things in a world of fleeting impermanence. It is, however, no such typically Romantic world that Brentano depicts in his story of Kasperl and Annerl. The setting, like the characters, belongs to the prosaic world of everyday reality; the events unfold against an ordinary background of streets and houses in town and village, and there is no accumulation of romantically evocative elements such as we find in Tieck's early tales or in Brentano's own first novel, *Godwi*. Nature, which in this earlier Romantic fiction was a factor of primary importance in the evocation of atmosphere,[3] plays practically no part at all in the *Geschichte vom braven Kasperl und dem schönen Annerl*. There is just a sober introductory statement that it is a chilly night, too cold for the nightingales to sing, and a passing reference to the flowering chestnuts. Nor is the tale set, as are so many Romantic novels and *Novellen*, in a romantically remote or unspecified past age, but, as we can gather from references to Kasperl's campaigns (*v*. notes on the text: to p. 25, l. 35) at the time of the Wars of Liberation against Napoleon (1813–15), that is, in the immediate past. It is true that the supernatural element is not completely excluded, but it is not unpredictable and all-pervasive as it is, for example, in *Der blonde Eckbert*. There is, indeed, only one event for which there is no rational explanation: the rattling of the executioner's sword

---

[1] The writers of the *Biedermeier* period discovered beauty and significance in the monotonous sameness of everyday life; *cf.* for instance the words placed by Stifter on the lips of the fictional character Risach, who is represented throughout the novel *Der Nachsommer* as a man of great wisdom: 'Es gibt auch ein Einerlei, welches so erhaben ist, dass es als Fülle die ganze Seele ergreift und als Einfachheit das All umschliesst'. (*Sämtliche Werke*, Prag, 1911–35, vol. vii, ed. K. Eben and F. Hüller, p. 243).

[2] Similarly the Hofschulze in Immermann's story of *Der Oberhof* resolves: 'Es muss Alles beim Alten bleiben' (*Münchhausen, eine Geschichte in Arabesken*, Düsseldorf, 1841, p. 138).

[3] *v. supra*, pp. xii f.

in its case,[1] and the superstitious lore that interprets this as an ominous sign also prescribes the adequate safeguard. As Meister Franz explains, the sword recognizes in Annerl a future victim, and thirsts for her blood; but if it is allowed just to graze her neck the danger can be averted. Thus even this single uncanny manifestation is reduced to calculable proportions, and man is not represented as completely baffled in the face of it. The double catastrophe cannot be ascribed to supernatural intervention; on the contrary, it is the logical outcome of a sequence of events set in motion by Kasperl's mistaken conception of honour, in conjunction with a peculiarly unfortunate set of circumstances.

The diction is in general plain and forthright, as unpretentious and unrhetorical as the diction of *Der blonde Eckbert*; on the other hand, it has none of the soft fluid persuasiveness and insubstantial remoteness of the prose of Tieck's *Märchen*, and it is calculated to stimulate the mind to alertness rather than to dull the sharp edge of reason.[2] Even the verse interludes are bald and unlyrical; there is nothing in them to compare with the haunting melody of Tieck's lines on 'Waldeinsamkeit'. The grandmother's narrative, which forms the main part of the tale, has something of the naïve unemotional ring of the *Volksbuch* or ancient chronicle. Her statements are not toned down by qualifying words or phrases, nor deprived of their vigour by the hypnotic effect of verbal music, as is so often the case in Tieck's tales. On the contrary, the meaning is driven home with the repetitive persistence characteristic of the speech of the very old. Here and there a biblical quotation or near-quotation,[3] or a word-cadence reminiscent of the parallelism of the psalms, lends her utterances an added weight and impressiveness.[4] The final section has the cool incisive tone of a factual report.

Although there are in the *Geschichte vom braven Kasperl und dem schönen Annerl* so many features symptomatic of the trend away

[1] There is also a brief reference at the end of the tale to the fact that Grossinger gained power over Annerl by magical means. This seems unnecessary and in its context strikes a somewhat false note. Brentano had already made use of this theme in the fantastic verse narrative *Die Romanzen vom Rosenkranz*, where it seems perfectly in place. (*Cf.* also E. T. A. Hoffmann's use of this and related motifs, for instance, in *Die Elixiere des Teufels, Der unheimliche Gast*, and *Der Magnetiseur*).

[2] *v. supra*, pp. xvii f.

[3] *v.* notes on the text, note to p. 26, ll. 38 f.

[4] *v.* for instance, the parallel exclamations: 'Was läge am ganzen Leben, wenn's kein End' nähme; was läge am Leben, wenn es nicht ewig wäre!', p. 31, ll. 24 ff. Also p. 40, ll. 4 ff.

from the romantic and towards the realistic, yet this *Novelle* still unmistakably bears the stamp of Romanticism. Perhaps this is primarily because, like so much Romantic literature, it owes its effect above all to the peculiarly compelling atmosphere it conjures up—in this case an atmosphere of anxious suspense and foreboding which gradually acquires the nerve-racking intensity of a nightmare. One of the commonest of nightmare horrors is a sense of frustration and utter helplessness in a moment of crisis. This is the very feeling that is evoked by Brentano's tale. Except for the aged grandmother, who alone achieves exactly what she set out to achieve, the main characters both in the inset tale and in the framework narrative are foiled and frustrated at every end and turn. The more intently Kasperl and Annerl strive after greater honour, the more irretrievably do they fall into dishonour. The more frantically the fictional narrator and Grossinger seek to avert the catastrophe of Annerl's execution, the more inevitably are they thwarted by one obstacle after another. This gives rise to an exasperating sense of wasted effort, which is further aggravated by the realization that all could so easily have been otherwise. If Kasperl's horse had not been galled, he would have reached home before his father and brother set out to rob the miller; if Kasperl had not inculcated his own mistaken sense of honour into Annerl, she would not have left the Rosenhof in search of greater honour, and so fallen into the hands of her seducer; if the artillery had not been practising at the very moment when Grossinger shouted the news of Annerl's reprieve, she might yet have been saved. Thus the characters are persistently dogged by misfortune and defeated by force of circumstance. A further handicap which renders them still more helpless, and so contributes to this nightmare-like atmosphere, is their partial ignorance of the true state of affairs. Compelled to act in the dark, they do and say things which seem bitterly ironical in the light of subsequent revelations. It is ironical that Kasperl should look forward joyfully to the honour of appearing before his family and Annerl in his newly-acquired status of non-commissioned officer, at the moment when an abyss of dishonour is opening before his very feet; and that he should then commit suicide to save Annerl from the dishonour of marrying the son of a thief, when Annerl has in fact been seduced, and is condemned to death for infanticide. It is ironical, too, that after the robbery Kasperl should hasten to ask his father and brother for help, only to discover that they themselves are the robbers; and similarly, that the fictional narrator in his attempt to save Annerl should unwittingly enlist the help of her seducer. Such instances could be multiplied, and all serve to accentuate the impotence of the characters caught up in this intricate web of circumstances and coincidences. Kasperl is still more narrowly hedged in by his rigid adherence to a mistaken conception of 'honour'. It is *Ehre*, and all it means to him, that determines his every action and reaction. Although it is a purely personal conception, its power over him is so persistent and so absolute that it gradually appears to assume the rôle of a fatal force driving him on inexorably to a fore-ordained doom. This impression is reinforced by the story of the French non-commissioned officer, which shows in a flash where a too rigid sense of honour may lead. Annerl's life-story, too, as we see it through the eyes of her godmother, is filled with a foreboding of inevitable tragedy. Like some figure in a Romantic *Schicksalstragödie*, she, too, seems inescapably drawn on to a pre-determined end. 'Es hat sie mit den Zähnen dazu gerissen', old Anne Margareth reiterates, and each repetition or variation of these words recalls in a nightmare flash the gruesome episode at Jäger Jürge's execution. It may be pure coincidence that Jürge's severed head fastened its teeth in the skirt of Annerl's apron, but coming, as it does, immediately after the ominous rattling of the executioner's sword in its case, the incident acquires portentous significance. The apron-motif, once associated with this presage of calamity, recurs at fateful moments in the tale: in the dream that foretells his own imminent death, Kasperl sees Annerl dragged to the grave by her apron; it is with the apron which her godmother threw over Jürge's head that she murders her child; and after her execution, when the grim forebodings are all fulfilled, it is an apron that conceals the horrid line between her head and her body. Thus the apron-motif gathers ominous associations until it becomes a very symbol of predestined disaster, in much the same way as the murderous instrument in the Romantic fate-tragedy.[1] That it is not always the same apron is immaterial. The effect of all these details of plot is cumulative; hence, in the course of the narrative, the reader becomes more and more oppressed by the feeling that, even though the characters are not the victims of a specifically supernatural agency, yet they are impotent to guide their own

---

[1] e.g. the dagger in Werner's *Der vierundzwanzigste Februar* and the portrait in C. E. Houwald's *Das Bild*.

destiny, almost as impotent as are the characters in *Der blonde Eckbert*.

The mood of tense and anxious foreboding is reinforced by a feeling of haste, a growing conviction that, if there is still any hope at all of forestalling fate and averting or mitigating the catastrophe, it can only be by immediate action. Hence time becomes a factor of vital importance. Every minute taken up by the old woman's story is precious. Moreover, time itself is presented under a double aspect. On the one hand, the calls of the night-watchman, which punctuate the narrative, are a forcible reminder of the silent relentless passing of the hours. But, on the other hand, we are made aware of the variability and incalculability of the passage of time in man's personal experience of it. 'Die Nacht ist kühl und lang', one of the onlookers warns the aged grandmother, as she settles down to her night of waiting; but to her the hours of darkness are just 'die paar armen Stunden' —indeed, the whole span of seventy years, since she was last in this same spot, seems to her to have passed in the twinkling of an eye; 'es ist', she maintains, 'als wenn man eine Hand umwendet'. So we wait all the more anxiously for the watchman's calls, apprehensive lest time may have passed more quickly than we realize. It is eleven o'clock when the story opens, at midnight we learn there are four hours left; one and two o'clock punctuate the old woman's story, and we wait with ever-increasing anxiety for three o'clock, which will mark the beginning of the last hour. But the next indication of time is the sound of the clock already striking half-past three: 'Der Klang schnitt mir wie ein Schrei der Noth durch die Seele', says the narrator, and we share this feeling of horror. There follows a frantic but fruitless race against time, during which the tension is increased almost to breaking-point.

This sense of desperate urgency is aggravated by the unhurried progress and dispassionate tone of the old woman's narrative. Just as, impervious to all around her, she pursues her single purpose, so her tale moves timelessly on, regardless of the harassed interpolations of her listener, whose reactions mirror our own. She is clearly unaware of the suspense she is creating. Everything must be told exactly as she experienced it, and so the most important revelations are long withheld. When she has reached the grim climax of Kasperl's life-story, she imperturbably goes back to the beginning and proceeds to recount Annerl's fate, prefixing it with the unpropitious words: 'Ich will Ihm etwas erzählen, das ist betrübt'. And as she talks we feel all the time, that the sands are running out. Suspense is further heightened, especially in the first half of the tale, by occasional ambiguities and apparent discrepancies in the course of her statements. Ambiguity is inherent, for instance, in the recurrent symbol of the garland which may pertain to the bride, the corpse, or the sacrificial victim.[1] The phrase 'seinen Abschied nehmen'[2] is also used ambiguously, and each time it occurs we find ourselves anxiously scanning the context to discover whether it may refer to death, withdrawal from the armed forces, or some other leave-taking. More trying still are the seeming inconsistencies. For example, we hear the old woman's ominous references to dissection and to the brief span of time still left to Annerl, and are at a loss to reconcile this with her mention of Annerl's wedding and dowry, and the reiterated prayer that the lovers may be united. We may well share the impatient bewilderment of the fictional narrator as he exclaims: 'Was ist es denn nun mit der schönen Annerl? . . . Bald sagt Ihr, sie habe nur noch wenige Stunden, bald sprecht Ihr von ihrem Ehrentag.[3] Sagt mir doch Alles heraus, will sie Hochzeit halten mit einem Andern, ist sie todt, krank?' Only belatedly is the relentless logic of her tale revealed; and only gradually do we come to realize that, because she is no longer preoccupied with this world, but has fixed her hopes—for Kasperl and Annerl as for herself— beyond death, she sometimes imbues ordinary words with a special personal significance which is not instinctively shared by her audience.[4] Equally tantalizing and enigmatic are the hints

---

[1] *Cf.* Brentano's letter of December 24, 1816, to Luise Hensel, where he writes: 'Kennst du den Blumenkranz, der der Braut aufgesetzt wird, und dem Opferlamm und den Todten?' (*Gesammelte Schriften, ed. cit.*, vol. viii, p. 219). Later in the tale it emerges that all three meanings are apposite, since Annerl is wedded to Kasperl only in death, and is at the same time the victim by whose sacrifice Grossinger's sister is saved from a like fate.

[2] *v.* p. 21, l. 10; p. 25, ll. 9 f.; p. 27, ll. 2 f.

[3] The word *Ehrentag* used with reference to a girl naturally suggests *Hochzeitstag* (*v.* J. C. Adelung, *Grammatisch-Kritisches Wörterbuch der hochdeutschen Mundart*, Wien, 1811, vol. i, 1656).

[4] To a certain extent this must be true of all communication by means of words. *Cf.* the comment made by one of Brentano's dramatic characters: 'Ein Sprechender ist nie allein, es lebt das Wort, und zwei, die reden, sind immer schon zu drei' (Valeria, in *Valeria oder Vaterlist*, die Bühenenbearbeitung des *Ponce de Leon*, ed. R. Steig, Berlin, 1901, *Deutsche Literaturdenkmale des 18. und 19. Jahrhunderts*, Neue Folge, 55-57, p. 47).

of impending tragedy which she slips into her narrative, hints
of events which eventually and in due course she will impart.
'Der Kasper ist zu rechter Zeit gestorben', she muses; 'hätte er
Alles gewusst, er wäre närrisch geworden vor Betrübniss'; and
similarly, after describing the burgomaster's sceptical attitude to
the superstitious lore of Meister Franz, she adds: 'Ach, . . . und
Alles ist doch eingetroffen'. Such comments as these call forth
a shiver of apprehension. A grimmer foreboding still is evoked
by the recurrent motifs. The sentence: 'Es hat sie mit Zähnen
hingerissen' arouses an intuitive sense of dread even at the first
hearing, when we do not yet know to what the *es* and *dazu* refer.
In the course of the tale, as we have seen,[1] this motif becomes
more and more heavily weighted with significance, until at its
final two-fold repetition—immediately before and after the
revelation of Annerl's crime—it acquires its full measure of
implication, lends added point and emphasis to this climax, and
at the same time casts our minds back over the whole fateful
course of Annerl's life. The two other motifs which span and
link the narrative, strike home even more forcibly because they
are impersonal and of universal significance. Twice the sense of
approaching calamity is distilled into the sombre warning: 'Gib
Gott allein die Ehre'. Four times a counter-theme:

> Ihr Todten, ihr Todten sollt auferstehn,
> Ihr sollt vor das jüngste Gerichte gehn

suggests the inescapable retribution that follows on a disregard
of this warning. Finally, the first theme is sounded a third time,
now with grim finality, as the text of the funeral oration. But of
all the formal features of the tale which create tension and main-
tain it at a high pitch of intensity, the repetition of the single
word *Ehre* is surely the most potent. It is the key-word, and
occurs again and again in one context after another. It is
repeated quite unnecessarily when it could easily be replaced by
a pronoun. It haunts the fictional narrator in the framework
story, where it is heard, ironically enough, on the lips of Annerl's
seducer; and it gains ominous associations from its frequent
connection with the word *Grab* in the phrase 'ehrliches Grab'.
Gradually it becomes so heavy with portent that at each fresh
repetition we feel as the grandmother herself felt: 'Ich weiss
nicht', she says, 'aber das Wort E h r e fuhr mir recht durch alle

---

[1] *v. supra*, p. xxxviii.

Glieder'.[1] The effect of all these recurrent words and phrases is cumulative. Time and again they fall menacingly on the ear, to produce an almost indescribable tension such as could not be achieved by normal narrative means.

Only in the concluding paragraphs is this tension relaxed. The song of the Day of Judgment, which opened the whole sequence of events, now closes them like a musical framework, and at once the nightmare spell is broken and it is as if we awakened to the light of day. A letter, a curio in the ducal museum, a patent of nobility, and a monument are all that is left. The wild haste gives way to static calm, the perplexing intricacy of human fortunes to the stereotyped simplicity of allegorical concepts. In the central figures of the monument the main theme: 'Gib Gott allein die Ehre', until now treated as a musical *leitmotif*, is crystallized into visual symbols. At the same time we are forcibly reminded that the whole tale turns on the ambiguity of the word *Ehre* which can embrace both good and evil, true honour, based on innate integrity, and false honour, based on pride and self-esteem.[2] The figures of Justice bearing the sword and Mercy with the veil, cast our minds back to crucial points of the story, and especially to the double catastrophe of Kasperl and Annerl in which justice and mercy are so strangely balanced and combined.

As in *Der blonde Eckbert* the repetition of theme and phrase is reminiscent of musical form; the effect is, however, vastly different. If *Der blonde Eckbert* suggests comparison with a musical fantasia, Brentano's tale is more akin to a fugue. As in a fugue, the pattern is intricate and the texture closely woven; the themes are swiftly and constantly repeated; they overlap one with the other in an uninterrupted progression. There are few resting points; the reader's mind is kept ranging restlessly backwards and forwards over the subject-matter in pursuit of the various motifs. For instance, the objects placed on Annerl's corpse—the apron, the Bible, the rose, and the wreath—call up a wealth of associations and memories, which stretch back not only to the beginning of Annerl's life, but beyond, to the time when the old grandmother herself was young. The succeeding episode of Grossinger's sister and the duke, which might so

---

[1] Even the word *Ehrentag*, through an illogical association of sound, acquires a portentous ring which runs counter to its normal significance, but which finally proves fully justified.

[2] *v.* notes on the text, note to p. 26, ll. 38 f.

easily have been a moment of anticlimax, grips our interest by its thematic significance rather than by its logical content; it is, as it were, a variation on the *Annerl*-theme in the major instead of the minor key. The tale is a triumph of contrapuntal device used not for its own sake, but to support and supplement the meaning of the words. This perfect fusion of form and content gives the tale its extraordinary power to rivet the reader's attention and hold him spellbound, and so makes it conform to the criterion of the story-teller's art once formulated by Brentano himself: it is one of those tales 'bei deren Anhörung der Weber sein Schiff, der Advokat seine Feder, der Apotheker seinen Mörser, der Scheerenschleifer sein Rad und Kinder ihr Butterbrot ruhen lassen, um besser zuhören zu können'.[1]

---

[1] These words are placed on the lips of Prinz Röhropp in Brentano's *Märchen von Liebseelchen.* They were intended to introduce a cycle of his own tales (*Sämtliche Werke, ed. cit.*, vol. xii (i), p. 21).

DER BLONDE ECKBERT

IN einer Gegend des Harzes wohnte ein Ritter, den man
gewöhnlich nur den blonden Eckbert nannte. Er war
ohngefähr vierzig Jahr alt, kaum von mittler Größe, und
kurze hellblonde Haare lagen schlicht und dicht an seinem
blassen eingefallenen Gesichte. Er lebte sehr ruhig für sich
und war niemals in den Fehden seiner Nachbarn verwickelt,
auch sah man ihn nur selten außerhalb den Ringmauern
seines kleinen Schlosses. Sein Weib liebte die Einsamkeit
eben so sehr, und beide schienen sich von Herzen zu lieben,
nur klagten sie gewöhnlich darüber, daß der Himmel ihre
Ehe mit keinen Kindern segnen wolle.

Nur selten wurde Eckbert von Gästen besucht, und wenn
es auch geschah, so wurde ihretwegen fast nichts in dem
gewöhnlichen Gange des Lebens geändert, die Mäßigkeit
wohnte dort, und die Sparsamkeit selbst schien alles anzu-
ordnen. Eckbert war alsdann heiter und aufgeräumt, nur
wenn er allein war, bemerkte man an ihm eine gewisse
Verschlossenheit, eine stille zurückhaltende Melankolie.

Niemand kam so häufig auf die Burg als Philipp Walther,
ein Mann, dem sich Eckbert angeschlossen hatte, weil er an
diesem ohngefähr dieselbe Art zu denken fand, der auch er
am meisten zugethan war. Dieser wohnte eigentlich in
Franken, hielt sich aber oft über ein halbes Jahr in der
Nähe von Eckberts Burg auf, sammelte Kräuter und Steine,
und beschäftigte sich damit, sie in Ordnung zu bringen, er
lebte von einem kleinen Vermögen und war von Niemand
abhängig. Eckbert begleitete ihn oft auf seinen einsamen
Spaziergängen, und mit jedem Jahre entspann sich zwischen
ihnen eine innigere Freundschaft.

Es giebt Stunden, in denen es den Menschen ängstigt,
wenn er vor seinem Freunde ein Geheimniß haben soll, was
er bis dahin oft mit vieler Sorgfalt verborgen hat, die Seele
fühlt dann einen unwiderstehlichen Trieb, sich ganz mitzutheilen, dem Freunde auch das Innerste aufzuschließen,
damit er um so mehr unser Freund werde. In diesen
Augenblicken geben sich die zarten Seelen einander zu

erkennen, und zuweilen geschieht es wohl auch, daß einer
vor der Bekanntschaft des andern zurück schreckt.

Es war schon im Herbst, als Eckbert an einem neblichten
Abend mit seinem Freunde und seinem Weibe Bertha um
5   das Feuer eines Kamines saß. Die Flamme warf einen hellen
Schein durch das Gemach und spielte oben an der Decke,
die Nacht sah schwarz zu den Fenstern herein, und die
Bäume draußen schüttelten sich vor nasser Kälte. Walther
klagte über den weiten Rückweg, den er habe, und Eckbert
10 schlug ihm vor, bei ihm zu bleiben, die halbe Nacht unter
traulichen Gesprächen hinzubringen, und dann in einem
Gemache des Hauses bis am Morgen zu schlafen. Walther
ging den Vorschlag ein, und nun ward Wein und die
Abendmahlzeit hereingebracht, das Feuer durch Holz
15 vermehrt, und das Gespräch der Freunde heitrer und
vertraulicher.

Als das Abendessen abgetragen war, und sich die Knechte
wieder entfernt hatten, nahm Eckbert die Hand Walthers
und sagte: 'Freund, ihr solltet euch einmal von meiner
20 Frau die Geschichte ihrer Jugend erzählen lassen, die seltsam
genug ist'. — 'Gern', sagte Walther, und man setzte sich
wieder um den Kamin.

Es war jezt gerade Mitternacht, der Mond sah abwech-
selnd durch die vorüber flatternden Wolken. 'Ihr müßt
25 mich nicht für zudringlich halten', fing Bertha an, 'mein
Mann sagt, daß ihr so edel denkt, daß es unrecht sei, euch
etwas zu verhehlen. Nur haltet meine Erzählung für kein
Mährchen, so sonderbar sie auch klingen mag.

Ich bin in einem Dorfe geboren, mein Vater war ein
30 armer Hirte. Die Haushaltung bei meinen Eltern war nicht
zum Besten bestellt, sie wußten sehr oft nicht, wo sie das
Brod hernehmen sollten. Was mich aber noch weit mehr
jammerte, war, daß mein Vater und meine Mutter sich oft
über ihre Armuth entzweiten, und einer dem andern dann
35 bittere Vorwürfe machte. Sonst hört' ich beständig von
mir, daß ich ein einfältiges dummes Kind sei, das nicht das
unbedeutendste Geschäft auszurichten wisse, und wirklich
war ich äußerst ungeschickt und unbeholfen, ich ließ alles
aus den Händen fallen, ich lernte weder nähen noch spinnen,
40 ich konnte nichts in der Wirthschaft helfen, nur die Noth
meiner Eltern verstand ich sehr gut. Oft saß ich dann im
Winkel und füllte meine Vorstellungen damit an, wie ich

ihnen helfen wollte, wenn ich plötzlich reich würde, wie ich
sie mit Gold und Silber überschütten und mich an ihrem
Erstaunen laben möchte, dann sah ich Geister herauf
schweben, die mir unterirdische Schätze entdeckten, oder
5 mir kleine Kiesel gaben, die sich in Edelsteine verwandelten,
kurz, die wunderbarsten Phantasien beschäftigten mich, und
wenn ich nun aufstehn mußte, um irgend etwas zu helfen,
oder zu tragen, so zeigte ich mich noch viel ungeschickter,
weil mir der Kopf von allen den seltsamen Vorstellungen
10 schwindelte.

Mein Vater war immer sehr ergrimmt auf mich, daß ich
eine so ganz unnütze Last des Hauswesens sei, er behandelte
mich daher oft ziemlich grausam, und es war selten, daß
ich ein freundliches Wort von ihm vernahm. So war ich
15 ungefähr acht Jahr alt geworden, und es wurden nun
ernstliche Anstalten gemacht, daß ich etwas thun, oder
lernen sollte. Mein Vater glaubte, es wäre nur Eigensinn
oder Trägheit von mir, um meine Tage in Müßiggang
hinzubringen, genug, er setzte mir mit Drohungen unbe-
20 schreiblich zu, da diese aber doch nichts fruchteten, züch-
tigte er mich auf die grausamste Art, indem er sagte, daß
diese Strafe mit jedem Tage wiederkehren sollte, weil ich
doch nur ein unnützes Geschöpf sei.

Die ganze Nacht hindurch weint' ich herzlich, ich fühlte
25 mich so außerordentlich verlassen, ich hatte ein solches
Mitleid mit mir selber, daß ich zu sterben wünschte. Ich
fürchtete den Anbruch des Tages, ich wußte durchaus
nicht, was ich anfangen sollte, ich wünschte mir alle
mögliche Geschicklichkeit und konnte gar nicht begreifen,
30 warum ich einfältiger sei, als die übrigen Kinder meiner
Bekanntschaft. Ich war der Verzweiflung nahe.

Als der Tag graute, stand ich auf und eröffnete, fast ohne
daß ich es wußte, die Thür unsrer kleinen Hütte. Ich stand
auf dem freien Felde, bald darauf war ich in einem Walde,
35 in den der Tag kaum noch hinein blickte. Ich lief immerfort,
ohne mich umzusehn, ich fühlte keine Müdigkeit, denn
ich glaubte immer, mein Vater würde mich noch wieder
einholen, und, durch meine Flucht gereizt, mich noch
grausamer behandeln.
40 Als ich aus dem Walde wieder heraus trat, stand die Sonne
schon ziemlich hoch, ich sah jezt etwas Dunkles vor mir
liegen, welches ein dichter Nebel bedeckte. Bald mußte ich

über Hügel klettern, bald durch einen zwischen Felsen
gewundenen Weg gehn, und ich errieth nun, daß ich mich
wohl in dem benachbarten Gebirge befinden müsse, worüber
ich anfing, mich in der Einsamkeit zu fürchten. Denn ich
5 hatte in der Ebene noch keine Berge gesehn, und das bloße
Wort Gebirge, wenn ich davon hatte reden hören, war
meinem kindischen Ohr ein fürchterlicher Ton gewesen.
Ich hatte nicht das Herz zurück zu gehn, meine Angst trieb
mich vorwärts; oft sah ich mich erschrocken um, wenn der
10 Wind über mir weg durch die Bäume fuhr, oder ein ferner
Holzschlag weit durch den stillen Morgen hintönte. Als
mir Köhler und Bergleute endlich begegneten und ich eine
fremde Aussprache hörte, wäre ich vor Entsetzen fast in
Ohnmacht gesunken.
15   Ich kam durch mehrere Dörfer und bettelte, weil ich jezt
Hunger und Durst empfand, ich half mir so ziemlich mit
meinen Antworten durch, wenn ich gefragt wurde. So war
ich ohngefähr vier Tage fortgewandert, als ich auf einen
kleinen Fußsteig gerieth, der mich von der großen Straße
20 immer mehr entfernte. Die Felsen um mich her gewannen
jezt eine andre, weit seltsamere Gestalt. Es waren Klippen,
so auf einander gepackt, daß es das Ansehn hatte, als wenn
sie der erste Windstoß durch einander werfen würde. Ich
wußte nicht, ob ich weiter gehn sollte. Ich hatte des
25 Nachts immer im Walde geschlafen, denn es war gerade zur
schönsten Jahrszeit, oder in abgelegenen Schäferhütten;
hier traf ich aber gar keine menschliche Wohnung, und
konnte auch nicht vermuthen, in dieser Wildniß auf eine
zu stoßen; die Felsen wurden immer furchtbarer, ich
30 mußte oft dicht an schwindlichten Abgründen vorbeigehn,
und endlich hörte sogar der Weg unter meinen Füßen auf.
Ich war ganz trostlos, ich weinte und schrie, und in den
Felsenthälern hallte meine Stimme auf eine schreckliche Art
zurück. Nun brach die Nacht herein, und ich suchte mir
35 eine Moosstelle aus, um dort zu ruhn. Ich konnte nicht
schlafen; in der Nacht hörte ich die seltsamsten Töne, bald
hielt ich es für wilde Thiere, bald für den Wind, der durch
die Felsen klage, bald für fremde Vögel. Ich betete, und ich
schlief nur spät gegen Morgen ein.
40   Ich erwachte, als mir der Tag ins Gesicht schien. Vor
mir war ein steiler Felsen, ich kletterte in der Hoffnung
hinauf, von dort den Ausgang aus der Wildniß zu ent-

decken, und vielleicht Wohnungen oder Menschen gewahr
zu werden. Als ich aber oben stand, war alles, so weit nur
mein Auge reichte, eben so, wie um mich her, alles war mit
einem neblichten Dufte überzogen, der Tag war grau und
5 trübe, und keinen Baum, keine Wiese, selbst kein Gebüsch
konnte mein Auge erspähn, einzelne Sträucher ausgenom-
men, die einsam und betrübt in engen Felsenritzen empor
geschossen waren. Es ist unbeschreiblich, welche Sehnsucht
ich empfand, nur eines Menschen ansichtig zu werden, wäre
10 es auch, daß ich mich vor ihm hätte fürchten müssen.
Zugleich fühlte ich einen peinigenden Hunger, ich setzte
mich nieder und beschloß zu sterben. Aber nach einiger
Zeit trug die Lust zu leben dennoch den Sieg davon, ich
raffte mich auf und ging unter Thränen, unter abgebroche-
15 nen Seufzern den ganzen Tag hindurch; am Ende war ich
mir meiner kaum noch bewußt, ich war müde und erschöpft,
ich wünschte kaum noch zu leben, und fürchtete doch den
Tod.

Gegen Abend schien die Gegend umher etwas freund-
20 licher zu werden, meine Gedanken, meine Wünsche lebten
wieder auf, die Lust zum Leben erwachte in allen meinen
Adern. Ich glaubte jezt das Gesause einer Mühle aus der
Ferne zu hören, ich verdoppelte meine Schritte, und wie
wohl, wie leicht ward mir, als ich endlich wirklich die
25 Gränzen der öden Felsen erreichte; ich sah Wälder und
Wiesen mit fernen angenehmen Bergen wieder vor mir
liegen. Mir war, als wenn ich aus der Hölle in ein Paradies
getreten wäre, die Einsamkeit und meine Hülflosigkeit
schienen mir nun gar nicht fürchterlich.
30 Statt der gehofften Mühle stieß ich auf einen Wasserfall,
der meine Freude freilich um vieles minderte; ich schöpfte
mit der Hand einen Trunk aus dem Bache, als mir plötzlich
war, als höre ich in einiger Entfernung ein leises Husten.
Nie bin ich so angenehm überrascht worden, als in diesem
35 Augenblick, ich ging näher und ward an der Ecke des
Waldes eine alte Frau gewahr, die auszuruhen schien. Sie
war fast ganz schwarz gekleidet und eine schwarze Kappe
bedeckte ihren Kopf und einen großen Theil des Gesichtes,
in der Hand hielt sie einen Krückenstock.
40 Ich näherte mich ihr und bat um ihre Hülfe; sie ließ mich
neben sich niedersitzen und gab mir Brod und etwas Wein.
Indem ich aß, sang sie mit kreischendem Ton ein geistliches

Lied. Als sie geendet hatte, sagte sie mir, ich möchte ihr
folgen.

Ich war über diesen Antrag sehr erfreut, so wunderlich
mir auch die Stimme und das Wesen der Alten vorkam.
5   Mit ihrem Krückenstocke ging sie ziemlich behende, und
bei jedem Schritte verzog sie ihr Gesicht so, daß ich im
Anfange darüber lachen mußte. Die wilden Felsen traten
immer weiter hinter uns zurück, wir gingen über eine
angenehme Wiese, und dann durch einen ziemlich langen
10 Wald. Als wir heraus traten, ging die Sonne gerade unter,
und ich werde den Anblick und die Empfindung dieses
Abends nie vergessen. In das sanfteste Roth und Gold war
alles verschmolzen, die Bäume standen mit ihren Wipfeln
in der Abendröthe, und über den Feldern lag der entzück-
15 ende Schein, die Wälder und die Blätter der Bäume standen
still, der reine Himmel sah aus wie ein aufgeschlossenes
Paradies, und das Rieseln der Quellen und von Zeit zu Zeit
das Flüstern der Bäume tönte durch die heitre Stille wie in
wehmüthiger Freude. Meine junge Seele bekam jezt zuerst
20 eine Ahndung von der Welt und ihren Begebenheiten. Ich
vergaß mich und meine Führerin, mein Geist und meine
Augen schwärmten nur zwischen den goldnen Wolken.

Wir stiegen nun einen Hügel hinan, der mit Birken
bepflanzt war, von oben sah man in ein grünes Thal voller
25 Birken hinein, und unten mitten in den Bäumen lag eine
kleine Hütte. Ein munteres Bellen kam uns entgegen, und
bald sprang ein kleiner behender Hund die Alte an, und
wedelte, dann kam er zu mir, besah mich von allen Seiten,
und kehrte mit freundlichen Geberden zur Alten zurück.
30 Als wir vom Hügel hinunter gingen, hörte ich einen
wunderbaren Gesang, der aus der Hütte zu kommen schien,
wie von einem Vogel, es sang also:

> Waldeinsamkeit,
> Die mich erfreut,
35 > So morgen wie heut
> In ewger Zeit,
> O wie mich freut
> Waldeinsamkeit.

Diese wenigen Worte wurden beständig wiederholt;
40 wenn ich es beschreiben soll, so war es fast, als wenn

Waldhorn und Schallmeie ganz in der Ferne durch einander spielen.

Meine Neugier war außerordentlich gespannt; ohne daß ich auf den Befehl der Alten wartete, trat ich mit in die Hütte. Die Dämmerung war schon eingebrochen, alles war ordentlich aufgeräumt, einige Becher standen auf einem Wandschranke, fremdartige Gefäße auf einem Tische, in einem glänzenden Käfig hing ein Vogel am Fenster, und er war es wirklich, der die Worte sang. Die Alte keichte und hustete, sie schien sich gar nicht wieder erholen zu können, bald streichelte sie den kleinen Hund, bald sprach sie mit dem Vogel, der ihr nur mit seinem gewöhnlichen Liede Antwort gab; übrigens that sie gar nicht, als wenn ich zugegen wäre. Indem ich sie so betrachtete, überlief mich mancher Schauer: denn ihr Gesicht war in einer ewigen Bewegung, indem sie dazu wie vor Alter mit dem Kopfe schüttelte, so daß ich durchaus nicht wissen konnte, wie ihr eigentliches Aussehn beschaffen war.

Als sie sich erholt hatte, zündete sie Licht an, deckte einen ganz kleinen Tisch und trug das Abendessen auf. Jezt sah sie sich nach mir um, und hieß mir einen von den geflochtenen Rohrstühlen nehmen. So saß ich ihr nun dicht gegenüber und das Licht stand zwischen uns. Sie faltete ihre knöchernen Hände und betete laut, indem sie ihre Gesichtsverzerrungen machte, so daß es mich beinahe wieder zum Lachen gebracht hätte; aber ich nahm mich sehr in Acht, um sie nicht zu erboßen.

Nach dem Abendessen betete sie wieder, und dann wies sie mir in einer niedrigen und engen Kammer ein Bett an; sie schlief in der Stube. Ich blieb nicht lange munter, ich war halb betäubt, aber in der Nacht wachte ich einigemal auf, und dann hörte ich die Alte husten und mit dem Hunde sprechen, und den Vogel dazwischen, der im Traum zu sein schien, und immer nur einzelne Worte von seinem Liede sang. Das machte mit den Birken, die vor dem Fenster rauschten, und mit dem Gesang einer entfernten Nachtigall ein so wunderbares Gemisch, daß es mir immer nicht war, als sei ich erwacht, sondern als fiele ich nur in einen andern noch seltsamern Traum.

Am Morgen weckte mich die Alte, und wies mich bald nachher zur Arbeit an. Ich mußte spinnen, und ich begriff es auch bald, dabei hatte ich noch für den Hund und für den

Vogel zu sorgen. Ich lernte mich schnell in die Wirthschaft
finden, und alle Gegenstände umher wurden mir bekannt;
nun war mir, als müßte alles so sein, ich dachte gar nicht
mehr daran, daß die Alte etwas Seltsames an sich habe, daß
5 die Wohnung abentheuerlich und von allen Menschen
entfernt liege, und daß an dem Vogel etwas Außerordent-
liches sei. Seine Schönheit fiel mir zwar immer auf, denn
seine Federn glänzten mit allen möglichen Farben, das
schönste Hellblau und das brennendste Roth wechselten
10 an seinem Halse und Leibe, und wenn er sang, blähte er
sich stolz auf, so daß sich seine Federn noch prächtiger
zeigten.

Oft ging die Alte aus und kam erst am Abend zurück, ich
ging ihr dann mit dem Hunde entgegen, und sie nannte
15 mich Kind und Tochter. Ich ward ihr endlich von Herzen
gut, wie sich unser Sinn denn an alles, besonders in der
Kindheit, gewöhnt. In den Abendstunden lehrte sie mich
lesen, ich fand mich leicht in die Kunst, und es ward nachher
in meiner Einsamkeit eine Quelle von unendlichem Ver-
20 gnügen, denn sie hatte einige alte geschriebene Bücher, die
wunderbare Geschichten enthielten.

Die Erinnerung an meine damalige Lebensart ist mir noch
bis jezt immer seltsam: von keinem menschlichen Geschöpfe
besucht, nur in einem so kleinen Familienzirkel einheimisch,
25 denn der Hund und der Vogel machten denselben Eindruck
auf mich, den sonst nur längst gekannte Freunde hervor-
bringen. Ich habe mich immer nicht wieder auf den seltsamen Namen des Hundes besinnen können, so oft ich ihn
auch damals nannte.

30 Vier Jahre hatte ich so mit der Alten gelebt, und ich
mochte ohngefähr zwölf Jahr alt sein, als sie mir endlich
mehr vertraute, und mir ein Geheimniß entdeckte. Der
Vogel legte nehmlich an jedem Tage ein Ei, in dem sich
eine Perle oder ein Edelstein befand. Ich hatte schon immer
35 bemerkt, daß sie heimlich in dem Käfige wirthschafte, mich
aber nie genauer darum bekümmert. Sie trug mir jezt das
Geschäft auf, in ihrer Abwesenheit diese Eier zu nehmen
und in den fremdartigen Gefäßen wohl zu verwahren. Sie
ließ mir meine Nahrung zurück, und blieb nun länger aus,
40 Wochen, Monate; mein Rädchen schnurrte, der Hund
bellte, der wunderbare Vogel sang, und dabei war alles so
still in der Gegend umher, daß ich mich in der ganzen Zeit

keines Sturmwindes, keines Gewitters erinnere. Kein
Mensch verirrte sich dorthin, kein Wild kam unserer
Behausung nahe, ich war zufrieden und arbeitete mich von
einem Tage zum andern hinüber. — Der Mensch wäre
vielleicht recht glücklich, wenn er so ungestört sein Leben
bis ans Ende fortführen könnte.

Aus dem wenigen, was ich las, bildete ich mir ganz
wunderliche Vorstellungen von der Welt und den Menschen,
alles war von mir und meiner Gesellschaft hergenommen:
wenn von lustigen Leuten die Rede war, konnte ich sie mir
nicht anders vorstellen wie den kleinen Spitz, prächtige
Damen sahen immer wie der Vogel aus, alle alte Frauen wie
meine wunderliche Alte. Ich hatte auch von Liebe etwas
gelesen, und spielte nun in meiner Phantasie seltsame
Geschichten mit mir selber. Ich dachte mir den schönsten
Ritter von der Welt, ich schmückte ihn mit allen Vortreff-
lichkeiten aus, ohne eigentlich zu wissen, wie er nun nach
allen meinen Bemühungen aussah: aber ich konnte ein
rechtes Mitleid mit mir selber haben, wenn er mich nicht
wieder liebte; dann sagte ich lange rührende Reden in
Gedanken her, zuweilen auch wohl laut, um ihn nur zu
gewinnen. — Ihr lächelt! wir sind jezt freilich alle über diese
Zeit der Jugend hinüber.

Es war mir jezt lieber, wenn ich allein war, denn alsdann
war ich selbst die Gebieterin im Hause. Der Hund liebte
mich sehr und that alles was ich wollte, der Vogel antwortete
mir in seinem Liede auf alle meine Fragen, mein Rädchen
drehte sich immer munter, und so fühlte ich im Grunde nie
einen Wunsch nach Veränderung. Wenn die Alte von ihren
langen Wanderungen zurück kam, lobte sie meine Aufmerksamkeit, sie sagte, daß ihre Haushaltung, seit ich dazu
gehöre, weit ordentlicher geführt werde, sie freute sich über
mein Wachsthum und mein gesundes Aussehn, kurz, sie
ging ganz mit mir wie mit einer Tochter um.

'Du bist brav, mein Kind!' sagte sie einst zu mir mit
einem schnarrenden Tone; 'wenn du so fort fährst, wird es
dir auch immer gut gehn: aber nie gedeiht es, wenn man
von der rechten Bahn abweicht, die Strafe folgt nach, wenn
auch noch so spät'. — Indem sie das sagte, achtete ich eben
nicht sehr darauf, denn ich war in allen meinen Bewegungen
und meinem ganzen Wesen sehr lebhaft; aber in der Nacht
fiel es mir wieder ein, und ich konnte nicht begreifen, was

sie damit hatte sagen wollen. Ich überlegte alle Worte
genau, ich hatte wohl von Reichthümern gelesen, und am
Ende fiel mir ein, daß ihre Perlen und Edelsteine wohl etwas
Kostbares sein könnten. Dieser Gedanke wurde mir bald
noch deutlicher. Aber was konnte sie mit der rechten
Bahn meinen? Ganz konnte ich den Sinn ihrer Worte noch
immer nicht fassen.

Ich war jezt vierzehn Jahr alt, und es ist ein Unglück für
den Menschen, daß er seinen Verstand nur darum bekömmt,
um die Unschuld seiner Seele zu verlieren. Ich begriff nehmlich wohl, daß es nur auf mich ankomme, in der Abwesenheit der Alten den Vogel und die Kleinodien zu nehmen,
und damit die Welt, von der ich gelesen hatte, aufzusuchen.
Zugleich war es mir dann vielleicht möglich, den überaus
schönen Ritter anzutreffen, der mir immer noch im Ge-
dächtnisse lag.

Im Anfange war dieser Gedanke nichts weiter als jeder
andre Gedanke, aber wenn ich so an meinem Rade saß, so
kam er mir immer wider Willen zurück, und ich verlor mich
so in ihm, daß ich mich schon herrlich geschmückt sah, und
Ritter und Prinzen um mich her. Wenn ich mich so vergessen hatte, konnte ich ordentlich betrübt werden, wenn
ich wieder aufschaute, und mich in der kleinen Wohnung
antraf. Uebrigens, wenn ich meine Geschäfte that, bekümmerte sich die Alte nicht weiter um mein Wesen.

An einem Tage ging meine Wirthin wieder fort, und
sagte mir, daß sie diesmal länger als gewöhnlich ausbleiben
werde, ich solle ja auf alles ordentlich Acht geben und mir
die Zeit nicht lang werden lassen. Ich nahm mit einer
gewissen Bangigkeit von ihr Abschied, denn es war mir,
als würde ich sie nicht wieder sehn. Ich sah ihr lange nach
und wußte selbst nicht, warum ich so beängstigt war; es
war fast, als wenn mein Vorhaben schon vor mir stände,
ohne mich dessen deutlich bewußt zu sein.

Nie hab' ich des Hundes und des Vogels mit einer solchen
Aemsigkeit gepflegt, sie lagen mir näher am Herzen, als
sonst. Die Alte war schon einige Tage abwesend, als ich
mit dem festen Vorsatze aufstand, mit dem Vogel die
Hütte zu verlassen, und die sogenannte Welt aufzusuchen.
Es war mir enge und bedrängt zu Sinne, ich wünschte
wieder da zu bleiben, und doch war mir der Gedanke
widerwärtig; es war ein seltsamer Kampf in meiner Seele,

wie ein Streiten von zwei widerspenstigen Geistern in mir.
In einem Augenblicke kam mir die ruhige Einsamkeit so
schön vor, dann entzückte mich wieder die Vorstellung
einer neuen Welt, mit allen ihren wunderbaren Mannich-
faltigkeiten.

Ich wußte nicht, was ich aus mir selber machen sollte,
der Hund sprang mich unaufhörlich an, der Sonnenschein
breitete sich munter über die Felder aus, die grünen Birken
funkelten: ich hatte die Empfindung, als wenn ich etwas
sehr Eiliges zu thun hätte, ich griff also den kleinen Hund,
band ihn in der Stube fest, und nahm dann den Käfig mit
dem Vogel unter den Arm. Der Hund krümmte sich und
winselte über diese ungewohnte Behandlung, er sah mich
mit bittenden Augen an, aber ich fürchtete mich, ihn mit
mir zu nehmen. Noch nahm ich eins von den Gefäßen, das
mit Edelsteinen angefüllt war, und steckte es zu mir, die
übrigen ließ ich stehn.

Der Vogel drehte den Kopf auf eine wunderliche Weise,
als ich mit ihm zur Thür hinaus trat, der Hund strengte
sich sehr an, mir nachzukommen, aber er mußte zurück
bleiben.

Ich vermied den Weg nach den wilden Felsen und ging
nach der entgegengesetzten Seite. Der Hund bellte und
winselte immerfort, und es rührte mich recht inniglich, der
Vogel wollte einigemal zu singen anfangen, aber da er
getragen ward, mußte es ihm wohl unbequem fallen.

So wie ich weiter ging, hörte ich das Bellen immer
schwächer, und endlich hörte es ganz auf. Ich weinte und
wäre beinahe wieder umgekehrt, aber die Sucht etwas Neues
zu sehn, trieb mich vorwärts.

Schon war ich über Berge und durch einige Wälder
gekommen, als es Abend ward, und ich in einem Dorfe
einkehren mußte. Ich war sehr blöde, als ich in die Schenke
trat, man wies mir eine Stube und ein Bette an, ich schlief
ziemlich ruhig, nur daß ich von der Alten träumte, die mir
drohte.

Meine Reise war ziemlich einförmig, aber je weiter ich
ging, je mehr ängstigte mich die Vorstellung von der Alten
und dem kleinen Hunde; ich dachte daran, daß er wahrscheinlich ohne meine Hülfe verhungern müsse, im Walde
glaubt' ich oft die Alte würde mir plötzlich entgegen treten.
So legte ich unter Thränen und Seufzern den Weg zurück;

so oft ich ruhte, und den Käfig auf den Boden stellte, sang
der Vogel sein wunderliches Lied, und ich erinnerte mich
dabei recht lebhaft des schönen verlassenen Aufenthalts.
Wie die menschliche Natur vergeßlich ist, so glaubt' ich
jezt, meine vormalige Reise in der Kindheit sei nicht so
trübselig gewesen als meine jetzige; ich wünschte wieder in
derselben Lage zu sein.

Ich hatte einige Edelsteine verkauft und kam nun nach
einer Wanderschaft von vielen Tagen in einem Dorfe an.
Schon beim Eintritt ward mir wundersam zu Muthe, ich
erschrak und wußte nicht worüber; aber bald erkannt'
ich mich, denn es war dasselbe Dorf, in welchem ich geboren
war. Wie ward ich überrascht! Wie liefen mir vor Freuden,
wegen tausend seltsamer Erinnerungen, die Thränen von
den Wangen! Vieles war verändert, es waren neue Häuser
entstanden, andre, die man damals erst errichtet hatte, waren
jezt verfallen, ich traf auch Brandstellen; alles war weit
kleiner, gedrängter als ich erwartet hatte. Unendlich freute
ich mich darauf, meine Eltern nun nach so manchen Jahren
wieder zu sehn; ich fand das kleine Haus, die wohlbekannte
Schwelle, der Griff der Thür war noch ganz so wie damals,
es war mir, als hätte ich sie nur gestern angelehnt; mein
Herz klopfte ungestüm, ich öffnete sie hastig, — aber ganz
fremde Gesichter saßen in der Stube umher und stierten
mich an. Ich fragte nach dem Schäfer Martin, und man
sagte mir, er sei schon seit drei Jahren mit seiner Frau
gestorben. — Ich trat schnell zurück, und ging laut weinend
aus dem Dorfe hinaus.

Ich hatte es mir so schön gedacht, sie mit meinem
Reichthume zu überraschen; durch den seltsamsten Zufall
war das nun wirklich geworden, was ich in der Kindheit
immer nur träumte, — und jezt war alles umsonst, sie
konnten sich nicht mit mir freuen, und das, worauf ich am
meisten immer im Leben gehofft hatte, war für mich auf
ewig verloren.

In einer angenehmen Stadt miethete ich mir ein kleines
Haus mit einem Garten, und nahm eine Aufwärterin zu mir.
So wunderbar, als ich es vermuthet hatte, kam mir die Welt
nicht vor, aber ich vergaß die Alte und meinen ehemaligen
Aufenthalt etwas mehr, und so lebt' ich im Ganzen recht
zufrieden.

Der Vogel hatte schon seit lange nicht mehr gesungen;

ich erschrak daher nicht wenig, als er in einer Nacht
plötzlich wieder anfing, und zwar mit einem veränderten
Liede. Er sang:

> Waldeinsamkeit
> Wie liegst du weit!
> O dich gereut
> Einst mit der Zeit.—
> Ach einzge Freud
> Waldeinsamkeit!

Ich konnte die Nacht hindurch nicht schlafen, alles fiel mir
von neuem in die Gedanken, und mehr als jemals fühlt' ich,
daß ich Unrecht gethan hatte. Als ich aufstand, war mir der
Anblick des Vogels ordentlich zuwider, er sah immer nach
mir hin, und seine Gegenwart ängstigte mich. Er hörte nun
mit seinem Liede gar nicht wieder auf, und er sang es lauter
und schallender, als er es sonst gewohnt gewesen war. Je
mehr ich ihn betrachtete, je bänger machte er mich; ich
öffnete endlich den Käfig, steckte die Hand hinein und
faßte seinen Hals, herzhaft drückte ich die Finger zusammen,
er sah mich bittend an, ich ließ los, aber er war schon
gestorben. — Ich begrub ihn im Garten.

Jezt wandelte mich oft eine Furcht vor meiner Aufwärterin an, ich dachte an mich selbst zurück, und glaubte, daß
sie mich auch einst berauben oder wohl gar ermorden
könne. — Schon lange kannt' ich einen jungen Ritter, der
mir überaus gefiel, ich gab ihm meine Hand, — und hiermit,
Herr Walther, ist meine Geschichte geendigt'.

'Ihr hättet sie damals sehn sollen', fiel Eckbert hastig
ein, — 'ihre Jugend, ihre Schönheit, und welch einen
unbeschreibichen Reiz ihr ihre einsame Erziehung gegeben
hatte. Sie kam mir vor wie ein Wunder, und ich liebte sie
ganz über alles Maaß. Ich hatte kein Vermögen, aber durch
ihre Liebe kam ich in diesen Wohlstand, wir zogen hieher,
und unsere Verbindung hat uns bis jezt noch keinen Augenblick gereut'. —

'Aber über unser Schwatzen', fing Bertha wieder an, 'ist
es schon tief in die Nacht geworden, — wir wollen uns
schlafen legen'.

Sie stand auf und ging nach ihrer Kammer. Walther
wünschte ihr mit einem Handkusse eine gute Nacht, und
sagte: 'Edle Frau, ich danke Euch, ich kann mir Euch recht

vorstellen, mit dem seltsamen Vogel, und wie Ihr den kleinen S t r o h m i a n füttert.'

Auch Walther legte sich schlafen, nur Eckbert ging noch unruhig im Saale auf und ab. — 'Ist der Mensch nicht ein Thor?' fing er endlich an; 'ich bin erst die Veranlassung, daß meine Frau ihre Geschichte erzählt, und jezt gereut mich diese Vertraulichkeit! — Wird er sie nicht miß-brauchen? Wird er sie nicht andern mittheilen? Wird er nicht vielleicht, denn das ist die Natur des Menschen, eine unselige Habsucht nach unsern Edelgesteinen empfinden, und deswegen Plane anlegen und sich verstellen?'

Es fiel ihm ein, daß Walther nicht so herzlich von ihm Abschied genommen hatte, als es nach einer solchen Ver-traulichkeit wohl natürlich gewesen wäre. Wenn die Seele erst einmal zum Argwohn gespannt ist, so trifft sie auch in allen Kleinigkeiten Bestätigungen an. Dann warf sich Eckbert wieder sein unedles Mißtrauen gegen seinen wackern Freund vor, und konnte doch nicht davon zurück kehren. Er schlug sich die ganze Nacht mit diesen Vor-stellungen herum, und schlief nur wenig.

Bertha war krank und konnte nicht zum Frühstück erscheinen; Walther schien sich nicht viel darum zu küm-mern, und verließ auch den Ritter ziemlich gleichgültig. Eckbert konnte sein Betragen nicht begreifen; er besuchte seine Gattin, sie lag in einer Fieberhitze und sagte, die Erzählung in der Nacht müsse sie auf diese Art gespannt haben.

Seit diesem Abend besuchte Walther nur selten die Burg seines Freundes, und wenn er auch kam, ging er nach einigen unbedeutenden Worten wieder weg. Eckbert ward durch dieses Betragen im äußersten Grade gepeinigt; er ließ sich zwar gegen Bertha und Walther nichts davon merken, aber jeder mußte doch seine innerliche Unruhe an ihm gewahr werden.

Mit Berthas Krankheit ward es immer bedenklicher; der Arzt ward ängstlich, die Röthe von ihren Wangen war verschwunden, und ihre Augen wurden immer glühender. — An einem Morgen ließ sie ihren Mann an ihr Bette rufen, die Mägde mußten sich entfernen.

'Lieber Mann', fing sie an, 'ich muß dir etwas entdecken, das mich fast um meinen Verstand gebracht hat, das meine Gesundheit zerrüttet, so eine unbedeutende Kleinigkeit es

auch an sich scheinen möchte. — Du weißt, daß ich mich
immer nicht, so oft ich von meiner Kindheit sprach, trotz
aller angewandten Mühe auf den Namen des kleinen
Hundes besinnen konnte, mit welchem ich so lange umging;
5 an jenem Abend sagte Walther beim Abschiede plötzlich
zu mir: 'Ich kann mir Euch recht vorstellen, wie Ihr den
kleinen Strohmian füttert'. Ist das Zufall? Hat er den
Namen errathen, weiß er ihn und hat er ihn mit Vorsatz
genannt? Und wie hängt dieser Mensch dann mit meinem
10 Schicksale zusammen? Zuweilen kämpfe ich mit mir, als
ob ich mir diese Seltsamkeit nur einbilde, aber es ist gewiß,
nur zu gewiß. Ein gewaltiges Entsetzen befiel mich, als mir
ein fremder Mensch so zu meinen Erinnerungen half. Was
sagst du, Eckbert?'
15 Eckbert sah seine leidende Gattin mit einem tiefen
Gefühle an; er schwieg und dachte bei sich nach, dann sagte
er ihr einige tröstende Worte und verließ sie. In einem
abgelegenen Gemache ging er in unbeschreiblicher Unruhe
auf und ab. Walther war seit vielen Jahren sein einziger
20 Umgang gewesen, und doch war dieser Mensch jezt der
einzige in der Welt, dessen Dasein ihn drückte und peinigte.
Es schien ihm, als würde ihm froh und leicht sein, wenn nur
dieses einzige Wesen aus seinem Wege gerückt werden
könnte. Er nahm seine Armbrust, um sich zu zerstreuen
25 und auf die Jagd zu gehn.
Es war ein rauher stürmischer Wintertag, tiefer Schnee
lag auf den Bergen und bog die Zweige der Bäume nieder.
Er streifte umher, der Schweiß stand ihm auf der Stirne, er
traf auf kein Wild, und das vermehrte seinen Unmuth.
30 Plötzlich sah er sich etwas in der Ferne bewegen, es war
Walther, der Moos von den Bäumen sammelte; ohne zu
wissen was er that legte er an, Walther sah sich um, und
drohte mit einer stummen Geberde, aber indem flog der
Bolzen ab, und Walther stürzte nieder.
35 Eckbert fühlte sich leicht und beruhigt, und doch trieb
ihn ein Schauder nach seiner Burg zurück; er hatte einen
großen Weg zu machen, denn er war weit hinein in die
Wälder verirrt. — Als er ankam, war Bertha schon gestorben; sie hatte vor ihrem Tode noch viel von Walther und
40 der Alten gesprochen.
Eckbert lebte nun eine lange Zeit in der größten Einsamkeit; er war schon sonst immer schwermüthig gewesen,

weil ihn die seltsame Geschichte seiner Gattin beunruhigte,
und er irgend einen unglücklichen Vorfall, der sich ereignen
könnte, befürchtete: aber jezt war er ganz mit sich zerfallen.
Die Ermordung seines Freundes stand ihm unaufhörlich
5 vor Augen, er lebte unter ewigen innern Vorwürfen.

Um sich zu zerstreuen, begab er sich zuweilen nach der
nächsten großen Stadt, wo er Gesellschaften und Feste
besuchte. Er wünschte durch irgend einen Freund die Leere
in seiner Seele auszufüllen, und wenn er dann wieder an
10 Walther zurück dachte, so erschrak er vor dem Gedanken,
einen Freund zu finden, denn er war überzeugt, daß er nur
unglücklich mit jedwedem Freunde sein könne. Er hatte so
lange mit Bertha in einer schönen Ruhe gelebt, die Freundschaft Walthers hatte ihn so manches Jahr hindurch be-
15 glückt, und jezt waren beide so plötzlich dahin gerafft, daß
ihm sein Leben in manchen Augenblicken mehr wie ein
seltsames Mährchen, als wie ein wirklicher Lebenslauf
erschien.

Ein junger Ritter, Hugo, schloß sich an den stillen
20 betrübten Eckbert, und schien eine wahrhafte Zuneigung
gegen ihn zu empfinden. Eckbert fand sich auf eine
wunderbare Art überrascht, er kam der Freundschaft des
Ritters um so schneller entgegen, je weniger er sie vermuthet hatte. Beide waren nun häufig beisammen, der
25 Fremde erzeigte Eckbert alle möglichen Gefälligkeiten,
einer ritt fast nicht mehr ohne den andern aus; in allen
Gesellschaften trafen sie sich, kurz, sie schienen unzertrennlich.

Eckbert war immer nur auf kurze Augenblicke froh,
30 denn er fühlte es deutlich, daß ihn Hugo nur aus einem
Irrthume liebe; jener kannte ihn nicht, wußte seine Ges-
schichte nicht, und er fühlte wieder denselben Drang, sich
ihm ganz mitzutheilen, damit er versichert sein könne, ob
jener auch wahrhaft sein Freund sei. Dann hielten ihn
35 wieder Bedenklichkeiten und die Furcht, verabscheut zu
werden, zurück. In manchen Stunden war er so sehr von
seiner Nichtswürdigkeit überzeugt, daß er glaubte, kein
Mensch, für den er nicht ein völliger Fremdling sei, könne
ihn seiner Achtung würdigen. Aber dennoch konnte er sich
40 nicht widerstehn; auf einem einsamen Spazierritte entdeckte
er seinem Freunde seine ganze Geschichte, und fragte ihn
dann, ob er wohl einen Mörder lieben könne. Hugo war

gerührt, und suchte ihn zu trösten; Eckbert folgte ihm mit leichterm Herzen zur Stadt.

Es schien aber seine Verdammniß zu seyn, gerade in der Stunde des Vertrauens Argwohn zu schöpfen, denn kaum waren sie in den Saal getreten, als ihm beim Schein der vielen Lichter die Mienen seines Freundes nicht gefielen. Er glaubte ein hämisches Lächeln zu bemerken, es fiel ihm auf, daß er nur wenig mit ihm spreche, daß er mit den Anwesenden viel rede, und seiner gar nicht zu achten scheine. Ein alter Ritter war in der Gesellschaft, der sich immer als den Gegner Eckberts gezeigt, und sich oft nach seinem Reichthum und seiner Frau auf eine eigne Weise erkundigt hatte; zu diesem gesellte sich Hugo, und beide sprachen eine Zeitlang heimlich, indem sie nach Eckbert hindeuteten. Dieser sah jezt seinen Argwohn bestätigt, er glaubte sich verrathen, und eine schreckliche Wuth bemeisterte sich seiner. Indem er noch immer hinstarrte, sah er plötzlich Walthers Gesicht, alle seine Mienen, die ganze, ihm so wohl bekannte Gestalt, er sah noch immer hin und ward überzeugt, daß Niemand als W a l t h e r mit dem Alten spreche. — Sein Entsetzen war unbeschreiblich; außer sich stürzte er hinaus, verließ noch in der Nacht die Stadt, und kehrte nach vielen Irrwegen auf seine Burg zurück.

Wie ein unruhiger Geist eilte er jezt von Gemach zu Gemach, kein Gedanke hielt ihm Stand, er verfiel von entsetzlichen Vorstellungen auf noch entsetzlichere, und kein Schlaf kam in seine Augen. Oft dachte er, daß er wahnsinnig sei, und sich nur selber durch seine Einbildung alles erschaffe; dann erinnerte er sich wieder der Züge Walthers, und alles ward ihm immer mehr ein Räthsel. Er beschloß eine Reise zu machen, um seine Vorstellungen wieder zu ordnen; den Gedanken an Freundschaft, den Wunsch nach Umgang hatte er nun auf ewig aufgegeben.

Er zog fort, ohne sich einen bestimmten Weg vorzusetzen, ja er betrachtete die Gegenden nur wenig, die vor ihm lagen. Als er im stärksten Trabe seines Pferdes einige Tage so fort geeilt war, sah er sich plötzlich in einem Gewinde von Felsen verirrt, in denen sich nirgend ein Ausweg entdecken ließ. Endlich traf er auf einen alten Bauer, der ihm einen Pfad, einem Wasserfall vorüber, zeigte: er wollte ihm zur Danksagung einige Münzen geben, der Bauer aber schlug sie aus. — 'Was gilts', sagte Eckbert zu sich selber, 'ich

könnte mir wieder einbilden, daß dies Niemand anders als
Walther sei?' — Und indem sah er sich noch einmal um, und
es war Niemand anders als Walther. — Eckbert spornte sein
Roß so schnell es nur laufen konnte, durch Wiesen und
5 Wälder, bis es erschöpft unter ihm zusammen stürzte. —
Unbekümmert darüber setzte er nun seine Reise zu Fuß
fort.

Er stieg träumend einen Hügel hinan; es war, als wenn
er ein nahes munteres Bellen vernahm, Birken säuselten
10 dazwischen, und er hörte mit wunderlichen Tönen ein Lied
singen:

> Waldeinsamkeit
> Mich wieder freut,
> Mir geschieht kein Leid,
15 > Hier wohnt kein Neid,
> Von neuem mich freut
> Waldeinsamkeit.

Jezt war es um das Bewußtsein, um die Sinne Eckberts
geschehn; er konnte sich nicht aus dem Räthsel heraus
20 finden, ob er jezt träume, oder ehemals von einem Weibe
Bertha geträumt habe; das Wunderbarste vermischte sich
mit dem Gewöhnlichsten, die Welt um ihn her war verzau-
bert, und er keines Gedankens, keiner Erinnerung mächtig.

Eine krummgebückte Alte schlich hustend mit einer
25 Krücke den Hügel heran. 'Bringst du mir meinen Vogel?
Meine Perlen? Meinen Hund?' schrie sie ihm entgegen.
'Siehe, das Unrecht bestraft sich selbst: Niemand als ich war
dein Freund Walther, dein Hugo'. —

'Gott im Himmel!' sagte Eckbert stille vor sich hin, —
30 'in welcher entsetzlichen Einsamkeit hab' ich dann mein
Leben hingebracht!' —

'Und Bertha war deine Schwester'.

Eckbert fiel zu Boden.

'Warum verließ sie mich tückisch? Sonst hätte sich alles
35 gut und schön geendet, ihre Probezeit war ja schon vorüber.
Sie war die Tochter eines Ritters, die er bei einem Hirten
erziehn ließ, die Tochter deines Vaters'.

'Warum hab' ich diesen schrecklichen Gedanken immer
geahndet?' rief Eckbert aus.

40 'Weil du in früher Jugend deinen Vater einst davon

erzählen hörtest; er durfte seiner Frau wegen diese Tochter
nicht bei sich erziehn lassen, denn sie war von einem andern
Weibe'. —

Eckbert lag wahnsinnig und verscheidend auf dem
5 Boden; dumpf und verworren hörte er die Alte sprechen,
den Hund bellen, und den Vogel sein Lied wiederholen.

GESCHICHTE VOM BRAVEN KASPERL
UND DEM SCHÖNEN ANNERL

Es war Sommers-Frühe. Die Nachtigallen sangen erst seit
einigen Tagen durch die Straßen, und verstummten heut'
in einer kühlen Nacht, welche von fernen Gewittern zu uns
herwehte. Der Nachtwächter rief die elfte Stunde an. Da
sah ich, nach Hause gehend, vor der Thür eines großen Ge-
bäudes einen Trupp von allerlei Gesellen, die vom Biere
kamen, um Jemand, der auf den Thürstufen saß, versammelt.
Ihr Antheil schien mir so lebhaft, daß ich irgend ein Unglück
besorgte und mich näherte.

Eine alte Bäuerin saß auf der Treppe, und so lebhaft die
Gesellen sich um sie bekümmerten, so wenig ließ sie sich von
den neugierigen Fragen und gutmüthigen Vorschlägen derselben stören. Es hatte etwas sehr Befremdendes, ja schier
Großes, wie die gute alte Frau so sehr wußte, was sie wollte,
daß sie, als sei sie ganz allein in ihrem Kämmerlein, mitten
unter den Leuten es sich unter freiem Himmel zur Nachtruhe
bequem machte. Sie nahm ihre Schürze als ein Mäntelchen
um, zog ihren großen schwarzen wachsleinenen Hut tiefer
in die Augen, legte sich ihr Bündel unter den Kopf zurecht
und gab auf keine Frage Antwort.

'Was fehlt dieser alten Frau?' fragte ich einen der Anwesenden. Da kamen Antworten von allen Seiten: 'Sie
kommt sechs Meilen Weges vom Lande, sie kann nicht
weiter, sie weiß nicht Bescheid in der Stadt, sie hat Be-
freundete am andern Ende der Stadt und kann nicht hin
finden'. — 'Ich wollte sie führen', sagte Einer, 'aber es ist
ein weiter Weg, und ich habe meinen Hausschlüssel nicht
bei mir. Auch würde sie das Haus nicht kennen, wo sie
hin will'. — 'Aber hier kann die Frau nicht liegen bleiben',
sagte ein Neuhinzugetretener. 'Sie will aber platterdings',
antwortete der Erste, 'ich habe es ihr längst gesagt: ich wolle
sie nach Haus bringen; doch sie redet ganz verwirrt, ja sie
muß wohl betrunken sein'. — 'Ich glaube, sie ist blödsinnig.
Aber hier kann sie doch in keinem Falle bleiben', wiederholte Jener, 'die Nacht ist kühl und lang'.

Während allem diesem Gerede war die Alte, gerade als ob
sie taub und blind sei, ganz ungestört mit ihrer Zubereitung
fertig geworden, und da der Letzte abermals sagte: 'Hier
kann sie doch nicht bleiben', erwiederte sie mit einer
5 wunderlich tiefen und ernsten Stimme:
'Warum soll ich nicht hier bleiben, ist dies nicht ein her-
zogliches Haus? Ich bin acht und achtzig Jahre alt, und der
Herzog wird mich gewiß nicht von seiner Schwelle treiben.
Drei Söhne sind in seinem Dienste gestorben, und mein ein-
10 ziger Enkel hat seinen Abschied genommen; — Gott ver-
zeiht es ihm gewiß, und ich will nicht sterben, bis er in
seinem ehrlichen Grabe liegt'.
'Acht und achtzig Jahre und sechs Meilen gelaufen!'
sagten die Umstehenden, 'sie ist müd' und kindisch, in
15 solchem Alter wird der Mensch schwach'.
'Mutter, Sie kann aber den Schnupfen kriegen und sehr
krank werden hier, und Langeweile wird Sie auch haben',
sprach nun einer der Gesellen und beugte sich näher zu ihr.
Da sprach die Alte wieder mit ihrer tiefen Stimme, halb
20 bittend, halb befehlend:
'O, laßt mir meine Ruhe und seid nicht unvernünftig; ich
brauch' keinen Schnupfen, ich brauche keine Langeweile; es
ist ja schon spät an der Zeit, acht und achtzig bin ich alt, der
Morgen wird bald anbrechen, da geh' ich zu meinen Be-
25 freundeten. Wenn ein Mensch fromm ist, und hat Schicksale,
und kann beten, so kann er die paar armen Stunden auch
noch wohl hinbringen'.
Die Leute hatten sich nach und nach verloren, und die
letzten, welche noch da standen, eilten auch hinweg, weil
30 der Nachtwächter durch die Straße kam und sie sich von
ihm ihre Wohnungen wollten öffnen lassen. So war ich
allein noch gegenwärtig. Die Straße ward ruhiger. Ich
wandelte nachdenkend unter den Bäumen des vor mir
liegenden freien Platzes auf und nieder; das Wesen der
35 Bäuerin, ihr bestimmter, ernster Ton, ihre Sicherheit im
Leben, das sie acht und achtzigmal mit seinen Jahreszeiten
hatte zurückkehren sehen, und das ihr nur wie ein Vorsaal
im Bethause erschien, hatten mich mannichfach erschüttert.
'Was sind alle Leiden, alle Begierden meiner Brust, die
40 Sterne gehen ewig unbekümmert ihren Weg, wozu suche
ich Erquickung und Labung, und von wem suche ich sie
und für wen? Alles, was ich hier suche und liebe und

erringe, wird es mich je dahin bringen, so ruhig wie diese
gute fromme Seele, die Nacht auf der Schwelle des Hauses
zubringen zu können, bis der Morgen erscheint, und werde
ich dann den Freund finden, wie sie? Ach, ich werde die
5   Stadt nicht erreichen, ich werde, wegemüde, schon in dem
Sande vor dem Thor umsinken und vielleicht gar in die
Hände der Räuber fallen. So sprach ich zu mir selbst, und
als ich durch den Lindengang mich der Alten wieder
näherte, hörte ich sie halb laut mit gesenktem Kopfe vor
10   sich hin beten. Ich war wunderbar gerührt, und trat zu ihr
hin und sprach: 'Mit Gott, fromme Mutter, bete Sie auch
ein wenig für mich!' — bei welchen Worten ich ihr einen
Thaler in die Schürze warf.

Die Alte sagte hierauf ganz ruhig: 'Hab' tausend Dank,
15   mein lieber Herr, daß du mein Gebet erhört'.

Ich glaubte, sie spreche mit mir, und sagte: 'Mutter, habt
Ihr mich denn um etwas gebeten? ich wüßte nicht'.

Da fuhr die Alte überrascht auf und sprach: 'Lieber Herr,
gehe Er doch nach Haus und bete Er fein, und lege Er sich
20   schlafen. Was zieht Er so spät noch auf der Gasse herum?
Das ist jungen Gesellen gar nichts nütze, denn der Feind
geht um und suchet, wo er sich Einen erfange. Es ist
Mancher durch solch Nachtlaufen verdorben. Wen sucht
Er? Den Herrn? Der ist in des Menschen Herz, so er
25   züchtiglich lebt, und nicht auf der Gasse. Sucht Er aber
den Feind, so hat Er ihn schon; gehe Er hübsch nach Haus
und bete Er, daß Er ihn los werde. Gute Nacht!'

Nach diesen Worten wendete sie sich ganz ruhig nach der
andern Seite, und steckte den Thaler in ihren Reisesack.
30   Alles, was die Alte that, machte einen eigenthümlichen
ernsten Eindruck auf mich, und ich sprach zu ihr: 'Liebe
Mutter, Ihr habt wohl recht, aber Ihr selbst seid es, was
mich hier hält. Ich hörte Euch beten und wollte Euch
ansprechen, meiner dabei zu gedenken'.

35   'Das ist schon geschehen', sagte sie. 'Als ich Ihn so durch
den Lindengang wandeln sah, bat ich Gott: er möge Euch
gute Gedanken geben. Nun habe Er sie, und gehe Er fein
schlafen!'

Ich aber setzte mich zu ihr nieder auf die Treppe, und
40   ergriff ihre dürre harte Hand und sagte: 'Lasset mich hier
bei Euch sitzen die Nacht hindurch, und erzählet mir, woher
Ihr seid und was Ihr hier in der Stadt sucht; Ihr habt hier

keine Hilfe, in Eurem Alter ist man Gott näher als den
Menschen; die Welt hat sich verändert, seit Ihr jung waret'.
'Daß ich nicht wüßte', erwiederte die Alte, 'ich hab's mein
Lebetag ganz einerlei gefunden. Er ist noch zu jung, da verwundert man sich über Alles; mir ist Alles schon so oft
wieder vorgekommen, daß ich es nur noch mit Freuden
ansehe, weil es Gott so treulich damit meint. Aber man soll
keinen guten Willen von sich weisen, wenn er Einem auch
gerade nicht not thut, sonst möchte der liebe Freund
ausbleiben, wenn er ein andermal gar willkommen wäre;
bleibe Er drum immer sitzen, und sehe Er, was Er mir
helfen kann. Ich will Ihm erzählen, was mich in die Stadt
den weiten Weg hertreibt. Ich hätt' es nicht gedacht, wieder
hierher zu kommen. Es sind siebzig Jahre, daß ich hier im
Hause als Magd gedient habe, auf dessen Schwelle ich sitze,
seitdem war ich nicht mehr in der Stadt; was die Zeit
herumgeht! Es ist, als wenn man eine Hand umwendet.
Wie oft habe ich hier am Abend gesessen vor siebzig Jahren,
und habe auf meinen Schatz gewartet, der bei der Garde
stand. Hier haben wir uns auch versprochen. Wenn er
hier — aber still, da kömmt die Runde vorbei'.
Da hob sie an mit gemäßigter Stimme, wie etwa junge
Mägde und Diener in schönen Mondnächten, vor der Thüre
zu singen, und ich hörte mit innigem Vergnügen folgendes
schöne alte Lied von ihr:

'Wann der jüngste Tag wird werden,
Dann fallen die Sternelein auf die Erden.
Ihr Todten, ihr Todten sollt auferstehn,
Ihr sollt vor das jüngste Gerichte gehn;
Ihr sollt treten auf die Spitzen,
Da die lieben Engelein sitzen.
Da kam der liebe Gott gezogen
Mit einem schönen Regenbogen.
Da kamen die falschen Juden gegangen,
Die führten einst unsern Herrn Christum gefangen.
Die hohen Bäum' erleuchten sehr,
Die harten Stein' zerknirschten sehr.
Wer dies Gebetlein beten kann,
Der bet's des Tages nur einmal,
Die Seele wird vor Gott bestehn,
Wann wir werden zum Himmel eingehn!'
Amen.

Als die Runde uns näher kam, wurde die gute Alte
gerührt. 'Ach', sagte sie, 'es ist heute der sechzehnte Mai,
es ist doch Alles einerlei, gerade wie damals, nur haben sie
andere Mützen auf und keine Zöpfe mehr. Thut nichts,
5   wenn's Herz nur gut ist!' Der Offizier der Runde blieb bei
uns stehen und wollte eben fragen, was wir hier so spät zu
schaffen hätten, als ich den Fähnrich Graf Grossinger, einen
Bekannten, in ihm erkannte. Ich sagte ihm kurz den ganzen
Handel, und er sagte, mit einer Art von Erschütterung:
10 'Hier haben Sie einen Thaler für die Alte und eine Rose,' —
die er in der Hand trug, — 'so alte Bauersleute haben
Freude an Blumen. Bitten Sie die Alte, Ihnen Morgen das
Lied in die Feder zu sagen, und bringen Sie mir es. Ich habe
lange nach dem Liede getrachtet, aber es nie ganz habhaft
15 werden können'. Hiermit schieden wir, denn der Posten
der nahe gelegenen Hauptwache, bis zu welcher ich ihn über
den Platz begleitet hatte, rief: 'Wer da!' Er sagte mir noch,
daß er die Wache am Schlosse habe, ich sollte ihn dort
besuchen. Ich ging zu der Alten zurück, und gab ihr die
20 Rose und den Thaler.

Die Rose ergriff sie mit einer rührenden Heftigkeit, und
befestigte sie sich auf ihren Hut, indem sie mit einer etwas
feineren Stimme und fast weinend die Worte sprach:

'Rosen die Blumen auf meinem Hut,
25   Hätt' ich viel Geld, das wäre gut,
Rosen und mein Liebchen'.

Ich sagte zu ihr: 'Ei, Mütterchen, Ihr seid ja ganz munter
geworden'. Und sie erwiederte:

'Munter, munter,
30   Immer bunter,
Immer runder.
Oben stund er,
Nun bergunter,
'S ist kein Wunder!

35 Schau Er, lieber Mensch, ist es nicht gut, daß ich hier
sitzen geblieben? Es ist Alles einerlei, glaub' Er mir. Heute
sind es siebzig Jahre, da saß ich hier vor der Thür, ich war
eine flinke Magd und sang gern alle Lieder. Da sang ich
auch das Lied vom jüngsten Gericht, wie heute, da die
40 Runde vorbeiging, und da warf mir ein Grenadier im

Vorübergehen eine Rose in den Schooß, — die Blätter hab'
ich noch in meiner Bibel liegen — das war meine erste
Bekanntschaft mit meinem seligen Mann. Am andern
Morgen hatte ich die Rose vorgesteckt in der Kirche, und
5 da fand er mich, und es ward bald richtig. Drum hat es
mich gar sehr gefreut, daß mir heute wieder eine Rose ward.
Es ist ein Zeichen, daß ich zu ihm kommen soll, und darauf
freu' ich mich herzlich. Vier Söhne und eine Tochter sind
mir gestorben, vorgestern hat mein Enkel seinen Abschied
10 genommen, — Gott helfe ihm und erbarme sich seiner! —
und morgen verläßt mich eine andere gute Seele, aber was
sag' ich morgen, ist es nicht schon Mitternacht vorbei?'
   'Es ist Zwölfe vorüber', erwiederte ich, verwundert über
ihre Rede.
15 'Gott gebe ihr Trost und Ruhe die vier Stündlein, die sie
noch hat!' sagte die Alte und ward still, indem sie die Hände
faltete. Ich konnte nicht sprechen, so erschütterten mich
ihre Worte und ihr ganzes Wesen. Da sie aber ganz stille
blieb und der Thaler des Offiziers noch in ihrer Schürze lag,
20 sagte ich zu ihr: 'Mutter, steckt den Thaler zu Euch, Ihr
könntet ihn verlieren'.
   'Den wollen wir nicht weglegen, den wollen wir meiner
Befreundeten schenken in ihrer letzten Noth!' erwiederte
sie. 'Den ersten Thaler nehm' ich morgen wieder mit nach
25 Haus, der gehört meinem Enkel, der soll ihn genießen. Ja
seht, es ist immer ein herrlicher Junge gewesen, und hielt
etwas auf seinen Leib und auf seine Seele — ach Gott, auf
seine Seele! — Ich habe gebetet den ganzen Weg, es ist
nicht möglich, der liebe Herr läßt ihn gewiß nicht verderben.
30 Unter allen Burschen war er immer der reinlichste und
fleißigste in der Schule, aber auf die Ehre war er vor Allem
ganz erstaunlich. Sein Lieutenant hat auch immer gesprochen: 'Wenn meine Schwadron Ehre im Leibe hat, so
sitzt sie bei dem Finkel im Quartier'. Er war unter den
35 Uhlanen. Als er zum ersten Mal aus Frankreich zurück kam,
erzählte er allerlei schöne Geschichten, aber immer war von
der Ehre dabei die Rede. Sein Vater und sein Stiefbruder
waren bei dem Landsturm, und kamen oft mit ihm wegen
der Ehre in Streit, denn was er zuviel hatte, hatten sie nicht
40 genug. Gott verzeih' mir meine schwere Sünde, ich will
nicht schlecht von ihnen reden, Jeder hat sein Bündel zu
tragen: aber meine selige Tochter, s e i n e Mutter, hat sich

zu Tode gearbeitet bei dem Faulpelz, sie konnte nicht
erschwingen, seine Schulden zu tilgen. Der Uhlane erzählte
von den Franzosen, und als der Vater und Stiefbruder sie
ganz schlecht machen wollten, sagte der Uhlane: 'Vater, das
5   versteht Ihr nicht, sie haben doch viel Ehre im Leibe'. Da
ward der Stiefbruder tückisch und sagte: 'Wie kannst du
deinem Vater soviel von der Ehre vorschwatzen? war er
doch Unteroffizier im N . . . schen Regiment, und muß es
besser als du verstehen, der nur Gemeiner ist'. — 'Ja', sagte
10 da der alte Finkel, der nun auch rebellisch ward, 'das war
ich, und habe manchem vorlauten Burschen Fünf und
zwanzig aufgezählt; hätte ich nur Franzosen in der Com-
pagnie gehabt, die sollten sie noch besser gefühlt haben, mit
ihrer Ehre'. Die Rede that dem Uhlanen gar weh, und er
15 sagte: 'Ich will ein Stückchen von einem französischen
Unteroffizier erzählen, das gefällt mir besser. Unterm vori-
gen Könige sollten auf einmal die Prügel bei der französischen Armee eingeführt werden. Der Befehl des Kriegs-
ministers wurde zu Straßburg bei einer großen Parade
20 bekannt gemacht, und die Truppen hörten in Reih' und
Glied die Bekanntmachung mit stillem Grimm an. Da aber
noch am Schluß der Parade ein Gemeiner einen Exzeß
machte, wurde sein Unteroffizier vorcommandirt, ihm zwölf
Hiebe zu geben. Es wurde ihm mit Strenge befohlen, und
25 er mußte es thun. Als er aber fertig war, nahm er das
Gewehr des Mannes, den er geschlagen hatte, stellte es vor
sich an die Erde, und drückte mit dem Fuße los, daß ihm die
Kugel durch den Kopf fuhr und er todt niedersank. Das
wurde an den König berichtet, und der Befehl, Prügel zu
30 geben, ward gleich zurückgenommen. Seht, Vater, das war
ein Kerl, der Ehre im Leibe hatte!' — 'Ein Narr war es',
sprach der Bruder. — 'Freß deine Ehre, wenn du Hunger
hast!' brummte der Vater. Da nahm mein Enkel seinen
Säbel und ging aus dem Hause und kam zu mir in mein
35 Häuschen, und erzählte mir Alles und weinte die bitteren
Thränen. Ich konnte ihm nicht helfen. Die Geschichte, die
er mir auch erzählte, konnte ich zwar nicht ganz verwerfen,
aber ich sagte ihm doch immer zuletzt: "Gib Gott allein die
Ehre!" Ich gab ihm noch den Segen, denn sein Urlaub war
40 am andern Tag aus, und er wollte noch eine Meile umreiten
nach dem Orte, wo ein Pathchen von mir auf dem Edelhofe
diente, auf die er gar viel hielt, er wollte einmal mit ihr

hausen. — Sie werden auch wohl bald zusammen kommen,
wenn Gott mein Gebet erhört. Er hat seinen Abschied
schon genommen, mein Pathchen wird ihn heut' erhalten,
und die Aussteuer hab ich auch schon beisammen, es soll
5 auf der Hochzeit weiter Niemand sein, als ich'. Da ward
die Alte wieder still und schien zu beten. Ich war in allerlei
Gedanken über die Ehre, und ob ein Christ den Tod des
Unteroffiziers schön finden dürfe? Ich wollte, es sagte mir
einmal Einer etwas Hinreichendes darüber.

10   Als der Wächter Ein Uhr anrief, sagte die Alte: 'Nun habe
ich noch zwei Stunden. Ei, Er ist noch da, warum geht Er
nicht schlafen? Er wird morgen nicht arbeiten können und
mit seinem Meister Händel kriegen; von welchem Handwerk ist Er denn, mein guter Mensch?'

15   Da wußte ich nicht recht, wie ich es ihr deutlich machen
sollte, daß ich ein Schriftsteller sei. Ich bin ein Gestudirter,
durfte ich nicht sagen, ohne zu lügen. Es ist wunderbar,
daß ein Deutscher immer sich ein wenig schämt, zu sagen:
er sei ein Schriftsteller. Zu Leuten aus den untern Ständen
20 sagt man es am ungernsten, weil diesen gar leicht die
Schriftgelehrten und Pharisäer aus der Bibel dabei einfallen.
Der Name Schriftsteller ist nicht so eingebürgert bei uns,
wie das *homme de lettres* bei den Franzosen, welche überhaupt
als Schriftsteller zünftig sind, und in ihren Arbeiten mehr
25 hergebrachtes Gesetz haben, ja bei denen man auch fragt:
Où avez-vous fait votre philosophie, wo haben Sie Ihre Philosophie gemacht? wie denn ein Franzose selbst viel mehr von
einem gemachten Manne hat. Doch diese nicht deutsche
Sitte ist es nicht allein, welche das Wort Schriftsteller so
30 schwer auf der Zunge macht, wenn man am Thore um
seinen Charakter gefragt wird, sondern eine gewisse innere
Scham hält uns zurück, ein Gefühl, welches Jeden befällt,
der mit freien und geistigen Gütern, mit unmittelbaren
Geschenken des Himmels Handel treibt. Gelehrte brauchen
35 sich weniger zu schämen als Dichter, denn sie haben
gewöhnlich Lehrgeld gegeben, sind meist in Aemtern des
Staates, spalten an groben Klötzen, oder arbeiten in Schach-
ten, wo viel wilde Wasser auszupumpen sind. Aber ein
sogenannter Dichter ist am übelsten daran, weil er meistens
40 aus dem Schulgarten nach dem Parnaß entlaufen, und es ist
auch wirklich ein verdächtiges Ding um einen Dichter von
Profession, der es nicht nur nebenher ist. Man kann sehr

leicht zu ihm sagen: 'Mein Herr, ein jeder Mensch hat, wie
Hirn, Herz, Magen, Milz, Leber und dergleichen, auch eine
Poesie im Leibe; wer aber eines dieser Glieder überfüttert,
verfüttert oder mästet, und es über alle andre hinüber treibt,
5 ja es gar zum Erwerbzweige macht, der muß sich schämen
vor seinem ganzen übrigen Menschen. Einer, der von der
Poesie lebt, hat das Gleichgewicht verloren, und eine
übergroße Gänseleber, sie mag noch so gut schmecken,
setzt doch immer eine kranke Gans voraus. Alle Menschen,
10 welche ihr Brod nicht im Schweiß ihres Angesichts verdienen, müssen sich einigermaßen schämen; und das fühlt
Einer, der noch nicht ganz in der Tinte war, wenn er sagen
soll, er sei ein Schriftsteller'. So dachte ich Allerlei, und
besann mich, was ich der Alten sagen sollte, welche, über
15 mein Zögern verwundert, mich anschaute und sprach:
'Welch ein Handwerk Er treibt?' frage ich. 'Warum will
Er mir's nicht sagen? Treibt er kein ehrlich Handwerk, so
greif Er's noch an, es hat einen goldnen Boden. Er ist doch
nicht etwa gar ein Henker oder Spion, der mich ausholen
20 will? Meinethalben sei Er, wer Er will, sag' Er's, wer Er
ist! Wenn Er bei Tage so hier säße, würde ich glauben, Er
sei ein Lehnerich, so ein Tagedieb, der sich an die Häuser
lehnt, damit er nicht umfällt vor Faulheit'.
    Da fiel mir ein Wort ein, das mir vielleicht eine Brücke zu
25 ihrem Verständniß schlagen könnte: 'Liebe Mutter', sagte
ich, 'ich bin ein Schreiber'. — 'Nun', sagte sie, 'das hätte
Er gleich sagen sollen. Er ist also ein Mann von der Feder,
dazu gehören feine Köpfe und schnelle Finger, und ein
gutes Herz, sonst wird Einem drauf geklopft. Ein Schreiber
30 ist Er? Kann Er mir dann wohl eine Bittschrift aufsetzen an
den Herzog, die aber gewiß erhört wird und nicht bei den
vielen anderen liegen bleibt?'
    'Eine Bittschrift, liebe Mutter', sprach ich, 'kann ich Ihr
wohl aufsetzen, und ich will mir alle Mühe geben, daß sie
35 recht eindringlich abgefaßt sein soll'.
    'Nun, das ist brav von Ihm', erwiederte sie. 'Gott lohn' es
Ihm, und lasse Ihn älter werden, als mich, und gebe Ihm
auch in Seinem Alter einen so geruhigen Muth und eine so
schöne Nacht mit Rosen und Thalern, wie mir, und auch
40 einen Freund, der Ihm eine Bittschrift macht, wenn es Ihm
Noth thut. Aber jetzt gehe Er nach Haus, lieber Freund,
und kaufe Er sich einen Bogen Papier und schreibe Er die

Bittschrift; ich will hier auf Ihn warten. Noch eine Stunde, dann gehe ich zu meiner Pathe, Er kann mitgehen; sie wird sich auch freuen an der Bittschrift. Sie hat gewiß ein gut Herz, aber Gottes Gerichte sind wunderbar!'

5 Nach diesen Worten ward die Alte wieder still, senkte den Kopf und schien zu beten. Der Thaler lag noch auf ihrem Schooße. Sie weinte. 'Liebe Mutter, was fehlt Euch, was thut Euch so weh? Ihr weinet?' sprach ich.

'Nun, warum soll ich denn nicht weinen, ich weine auf
10 den Thaler, ich weine auf die Bittschrift, auf Alles weine ich. Aber es hilft Nichts, es ist doch Alles viel, viel besser auf Erden, als wir Menschen es verdienen, und gallenbittre Thränen sind noch viel zu süße. Sehe Er nur einmal das goldne Kameel da drüben, an der Apotheke. Wie doch
15 Gott Alles so herrlich und wunderbar geschaffen hat; aber der Mensch erkennt es nicht. Und ein solch' Kameel geht eher durch ein Nadelöhr, als ein Reicher in das Himmelreich. — Aber, was sitzt Er denn immer da, gehe Er, den Bogen Papier zu kaufen, und bringe Er mir die Bittschrift'.

20 'Liebe Mutter', sagte ich, 'wie kann ich Euch die Bittschrift machen, wenn Ihr mir nicht sagt, was ich hineinschreiben soll?'

'Das muß ich Ihm sagen?' erwiederte sie, 'dann ist es freilich keine Kunst, und wundre ich mich nicht mehr, daß
25 Er sich einen Schreiber zu nennen schämte, wenn man Ihm Alles sagen soll. Nun, ich will mein Mögliches thun. Setz' Er in die Bittschrift, daß zwei Liebende bei einander ruhen sollen, und daß sie Einen nicht auf die Anatomie bringen sollen, damit man seine Glieder beisammen hat, wenn es
30 heißt: Ihr Todten, ihr Todten sollt auferstehn, ihr sollt vor das jüngste Gericht gehn!' Da fing sie wieder bitterlich an zu weinen.

Ich ahnte, ein schweres Leid müsse auf ihr lasten, aber sie fühle bei der Bürde ihrer Jahre nur in einzelnen Momenten
35 sich schmerzlich gerührt. Sie weinte, ohne zu klagen, ihre Worte waren immer gleich ruhig und kalt. Ich bat sie nochmals, mir die ganze Veranlassung zu ihrer Reise in die Stadt zu erzählen, und sie sprach:

'Mein Enkel, der Uhlane, von dem ich Ihm erzählte, hatte
40 doch mein Pathchen sehr lieb, wie ich Ihm vorher sagte, und sprach der schönen Annerl, wie die Leute sie ihres glatten Spiegels wegen nannten, immer von der Ehre vor, und sagte

ihr immer: sie solle auf ihre Ehre halten und auch auf seine
Ehre. Da kriegte dann das Mädchen etwas ganz Apartes
in ihr Gesicht und ihre Kleidung von der Ehre. Sie war
feiner und manierlicher, als alle andere Dirnen. Alles saß
5   ihr knapper am Leib, und wenn sie ein Bursche einmal ein
wenig derb beim Tanze anfaßte, oder sie etwa höher als den
Steg der Baßgeige schwang, so konnte sie bitterlich darüber
bei mir weinen, und sprach dabei immer: 'Es sei wider ihre
Ehre'. Ach, das Annerl ist ein eignes Mädchen immer
10 gewesen. Manchmal, wenn kein Mensch es sich versah,
fuhr sie mit beiden Händen nach ihrer Schürze, und riß sie
sich vom Leib, als ob Feuer drinn sei, und dann fing sie
gleich entsetzlich an zu weinen. Aber das hat seine Ursache,
es hat sie mit Zähnen hingerissen, der Feind ruht nicht.
15 Wäre das Kind nur nicht stets so hinter der Ehre her
gewesen, und hätte sich lieber an unsern lieben Gott gehalten, hätte ihn nie von sich gelassen, in aller Noth, und hätte
seinetwillen Schande und Verachtung ertragen statt ihrer
Menschenehre: der Herr hätte sich gewiß erbarmt, und wird
20 es auch noch. Ach, sie kommen gewiß zusammen. Gottes
Wille geschehe!
      Der Uhlane stand wieder in Frankreich, er hatte lange
nicht geschrieben, und wir glaubten ihn fast todt und
weinten oft um ihn. Er war aber im Hospital an einer
25 schweren Blessur krank gelegen, und als er wieder zu seinen
Kameraden kam und zum Unteroffizier ernannt wurde, fiel
ihm ein, daß ihm vor zwei Jahren sein Stiefbruder so übers
Maul gefahren: 'Er sei nur Gemeiner und der Vater Korporal', und dann die Geschichte von dem französischen
30 Unteroffizier, und wie er seinem Annerl von der Ehre so
viel geredet, als er Abschied genommen. Da verlor er seine
Ruhe und kriegte das Heimweh und sagte zu seinem Rittmeister, der ihn um sein Leid fragte: 'Ach, Herr Rittmeister,
es ist, als ob es mich mit den Zähnen nach Hause zöge'.
35 Da ließen sie ihn heimreiten mit seinem Pferde, denn alle
seine Offiziere trauten ihm. Er kriegte auf drei Monate
Urlaub, und sollte mit der Remonte wieder zurückkommen.
Er eilte, so sehr er konnte, ohne seinem Pferde wehe zu
thun, welches er besser pflegte als jemals, weil es ihm war
40 anvertraut worden. An einem Tage trieb es ihn ganz
entsetzlich, nach Hause zu eilen. Es war der Tag vor dem
Sterbetage seiner Mutter, und es war ihm immer, als laufe

sie vor seinem Pferde her und riefe: 'Kasper, thue mir eine
Ehre an!' Ach, ich saß an diesem Tag auf ihrem Grabe
ganz allein, und dachte auch, wenn Kasper doch bei mir
wäre! Ich hatte Blümelein Vergißnichtmein in einen Kranz
5   gebunden und an das eingesunkene Kreuz gehängt, und
maß mir den Platz umher aus, und dachte: Hier will ich
liegen, und da soll Kasper liegen, wenn ihm Gott sein Grab
in der Heimath schenkt, daß wir fein beisammen sind,
wenn's heißt: Ihr Todten, ihr Todten sollt auferstehn, ihr
10 sollt zum jüngsten Gerichte gehn! Aber Kasper kam nicht,
ich wußte auch nicht, daß er so nahe war und wohl hätte
kommen können. Es trieb ihn auch gar sehr zu eilen, denn
er hatte wohl oft an diesen Tag in Frankreich gedacht,
und hatte einen kleinen Kranz von schönen Goldblumen
15 von daher mitgebracht, um das Grab seiner Mutter zu
schmücken, und auch einen Kranz für Annerl, den sollte
sie sich bis zu ihrem Ehrentage bewahren'. —
    Hier ward die Alte still und schüttelte mit dem Kopf; als
ich aber die letzten Worte wiederholte: 'Den sollte sie
20 bis zu ihrem Ehrentage bewahren,' — fuhr sie fort: 'Wer
weiß, ob ich es nicht erflehen kann, ach, wenn ich den
Herzog nur wecken dürfte!' — 'Wozu?' fragte ich, 'welch'
Anliegen habt ihr denn, Mutter?' Da sagte sie ernst: 'O,
was läge am ganzen Leben, wenn's kein End' nähme; was
25 läge am Leben, wenn es nicht ewig wäre!' und fuhr dann
in ihrer Erzählung fort:
    'Kasper wäre noch recht gut zu Mittag in unserm Dorf
angekommen, aber morgens hatte ihm sein Wirth im Stalle
gezeigt, daß sein Pferd gedrückt sei, und dabei gesagt:
30 'Mein Freund, das macht dem Reiter keine Ehre'. Das
Wort hatte Kasper tief empfunden, er legte deswegen den
Sattel hohl und leicht auf, tat Alles, ihm die Wunde zu
heilen, und setzte seine Reise, das Pferd am Zügel führend,
zu Fuße fort. So kam er am späten Abend bis an eine
35 Mühle, eine Meile von unserm Dorf, und weil er den Müller
als einen alten Freund seines Vaters kannte, sprach er bei
ihm ein, und wurde wie ein recht lieber Gast aus der Fremde
empfangen. Kasper zog sein Pferd in den Stall, legte den
Sattel und sein Felleisen in einen Winkel, und ging nun zu
40 dem Müller in die Stube. Da fragte er dann nach den
Seinigen, und hörte, daß ich alte Großmutter noch lebe,
und daß sein Vater und sein Stiefbruder gesund seien, und

daß es recht gut mit ihnen gehe. Sie wären erst gestern mit
Getreide auf der Mühle gewesen; sein Vater habe sich auf
den Roß- und Ochsenhandel gelegt und gedeihe dabei recht
gut, auch halte er jetzt etwas auf seine Ehre, und gehe nicht
5 mehr so zerrissen umher. Darüber war der gute Kasper nun
herzlich froh, und da er nach der schönen Annerl fragte,
sagte ihm der Müller: Er kenne sie nicht, aber wenn es die
sei, die auf dem Rosenhofe gedient habe, die hätte sich, wie
er gehört, in der Hauptstadt vermiethet, weil sie da eher
10 etwas lernen könne und mehr Ehre dabei sei; so habe er
vor einem Jahre von dem Knecht auf dem Rosenhofe
gehört. Das freute den Kasper auch. Wenn es ihm gleich
leid that, daß er sie nicht gleich sehen sollte, so hoffte er sie
doch in der Hauptstadt bald recht fein und schmuck zu
15 finden, daß es ihm, als einem Unteroffizier, auch eine rechte
Ehre sei, mit ihr am Sonntage spazieren zu gehen. Nun
erzählte er dem Müller noch Mancherlei aus Frankreich; sie
aßen und tranken mit einander, er half ihm Korn auf-
schütten, und dann brachte ihn der Müller in die Oberstube
20 zu Bett, und legte sich selbst unten auf einigen Säcken zur
Ruhe. Das Geklapper der Mühle und die Sehnsucht nach
der Heimath ließen den guten Kasper, wenn er gleich sehr
müde war, nicht fest einschlafen. Er war sehr unruhig und
dachte an seine selige Mutter und an das schöne Annerl,
25 und an die Ehre, die ihm bevorstehe, wenn er als Unteroffizier vor die Seinigen treten würde. So entschlummerte
er endlich leis' und wurde von ängstlichen Träumen oft
aufgeschreckt. Es war ihm mehrmals, als trete seine selige
Mutter zu ihm und bäte ihn händeringend um Hilfe; dann
30 war es ihm, als sei er gestorben und würde begraben, gehe
aber selbst zu Fuß als Todter mit zu Grabe, und schön
Annerl gehe ihm zur Seite; er weinte heftig, daß ihn seine
Kameraden nicht begleiteten, und da er auf den Kirchhof
komme, sei sein Grab neben dem seiner Mutter; und
35 Annerls Grab sei auch dabei, und er gebe Annerl das
Kränzlein, das er ihr mitgebracht, und hänge das der Mutter
an ihr Grab, und dann habe er sich umgeschaut und Niemand mehr gesehen als mich, und die Annerl, die habe
Einer an der Schürze ins Grab gerissen, und er sei dann
40 auch ins Grab gestiegen, und habe gesagt: Ist denn Niemand
hier, der mir die letzte Ehre anthut, und mir ins Grab
schießen will als einem braven Soldaten? und da habe er sein

Pistol gezogen und sich selbst ins Grab geschossen. Ueber
den Schuß wachte er mit großem Schrecken auf, denn es
war ihm, als klirrten die Fenster davon. Er sah um sich in
der Stube; da hörte er noch einen Schuß fallen, und hörte
5 Getöse in der Mühle und Geschrei durch das Geklapper.
Er sprang aus dem Bett und griff nach seinem Säbel. In
dem Augenblick, ging seine Thür auf, und er sah beim
Vollmondscheine zwei Männer mit berußten Gesichtern mit
Knitteln auf sich zustürzen. Aber er setzte sich zur Wehre
10 und hieb den Einen über den Arm, und so entflohen Beide,
indem sie die Thüre, welche nach Außen aufging und einen
Riegel draußen hatte, hinter sich verriegelten. Kasper ver-
suchte umsonst, ihnen nachzukommen, endlich gelang es
ihm, eine Tafel in der Thür einzutreten. Er eilte durch das
15 Loch die Treppe hinunter, und hörte das Wehgeschrei des
Müllers, den er geknebelt zwischen den Kornsäcken liegend
fand. Kasper band ihn los, und eilte dann gleich in den
Stall, nach seinem Pferd und Felleisen, aber Beides war
geraubt. Mit großem Jammer eilte er in die Mühle zurück
20 und klagte dem Müller sein Unglück, daß ihm all sein Hab
und Gut und das ihm anvertraute Pferd gestohlen sei, über
welches letztere er sich gar nicht zufrieden geben konnte.
Der Müller aber stand mit einem vollen Geldsack vor ihm,
er hatte ihn in der Oberstube aus dem Schranke geholt und
25 sagte zu dem Uhlanen: 'Lieber Kasper, sei Er zufrieden, ich
verdanke Ihm die Rettung meines Vermögens. Auf diesen
Sack, der oben in Seiner Stube lag, hatten es die Räuber
gemünzt, und Seiner Vertheidigung danke ich Alles, mir
ist nichts gestohlen. Die Sein Pferd und Sein Felleisen im
30 Stalle fanden, müssen ausgestellte Diebeswachen gewesen
sein, sie zeigten durch die Schüsse an, daß Gefahr da sei,
weil sie wahrscheinlich am Sattelzeug erkannten, daß ein
Kavallerist im Hause herberge. Nun soll Er meinethalben
keine Noth haben, ich will mir alle Mühe geben und kein
35 Geld sparen, Ihm Seinen Gaul wieder zu finden, und finde
ich ihn nicht, so will ich Ihm einen kaufen, so theuer er sein
mag'. Kasper sagte: 'Geschenkt nehme ich Nichts, das ist
gegen meine Ehre; aber wenn Er mir im Nothfalle siebzig
Thaler vorschießen will, so kriegt Er meine Verschreibung,
40 ich schaffe sie in zwei Jahren wieder'. Hierüber wurden
sie einig, und der Uhlane trennte sich von ihm, um nach
seinem Dorfe zu eilen, wo auch ein Gerichtshalter der

umliegenden Edelleute wohnt, bei dem er die Sache be-
richten wollte. Der Müller blieb zurück, um seine Frau
und seinen Sohn zu erwarten, welche auf einem Dorf in
der Nähe bei einer Hochzeit waren. Dann wollte er dem
5 Uhlanen nachkommen, und die Anzeige vor Gericht auch
machen.

Er kann sich denken, lieber Herr Schreiber, mit welcher
Betrübniß der arme Kasper den Weg nach unserm Dorf
eilte, zu Fuß und arm, wo er hatte stolz einreiten wollen;
10 ein und fünfzig Thaler, die er erbeutet hatte, sein Patent als
Unteroffizier, sein Urlaub, und die Kränze auf seiner Mutter
Grab und für die schöne Annerl waren ihm gestohlen. Es
war ihm ganz verzweifelt zu Muth. Und so kam er um ein
Uhr in der Nacht in seiner Heimath an, und pochte gleich
15 an der Thüre des Gerichtshalters, dessen Haus das erste vor
dem Dorf ist. Er ward eingelassen und machte seine
Anzeige, und gab Alles an, was ihm geraubt worden war.
Der Gerichtshalter trug ihm auf, er solle gleich zu seinem
Vater gehen, welches der einzige Bauer im Dorfe sei, der
20 Pferde habe, und solle mit diesem und seinem Bruder in der
Gegend herum patrouilliren, ob er vielleicht den Räubern
auf die Spur komme; indessen wolle er andere Leute zu
Fuß aussenden, und den Müller, wenn er komme, um die
weiteren Umstände vernehmen. Kasper ging nun von dem
25 Gerichtshalter weg nach dem väterlichen Hause. Da er aber
an meiner Hütte vorüber mußte, und durch das Fenster
hörte, daß ich ein geistliches Lied sang, wie ich denn vor
Gedanken an seine selige Mutter nicht schlafen konnte, so
pochte er an und sagte: 'Gelobt sei Jesus Christus! Liebe
30 Großmutter, Kasper ist hier'. Ach! wie fuhren mir die
Worte durch Mark und Bein, ich stürzte an das Fenster,
öffnete es und küßte und drückte ihn mit unendlichen
Thränen. Er erzählte mir sein Unglück mit großer Eile, und
sagte, welchen Auftrag er an seinen Vater vom Gerichts-
35 halter habe; er müsse darum jetzt gleich hin, um den Dieben
nachzusetzen, denn seine Ehre hänge davon ab, daß er sein
Pferd wieder erhalte.

Ich weiß nicht, aber das Wort E h r e fuhr mir recht durch
alle Glieder, denn ich wußte schwere Gerichte, die ihm be-
40 vorstanden. 'Thue deine Pflicht und gib Gott allein die
Ehre', sagte ich; und er eilte von mir nach Finkels Hof, der
am andern Ende des Dorfes liegt. Ich sank, als er fort war,

auf die Knie und betete zu Gott, er möge ihn doch in seinen
Schutz nehmen; ach! betete mit einer Angst wie niemals,
und mußte dabei immer sagen: 'Herr, dein Wille geschehe,
wie im Himmel, so auf Erden'.

5   Der Kasper lief zu seinem Vater mit einer entsetzlichen
Angst. Er stieg hinten über den Gartenzaun, er hörte die
Pumpe gehen, er hörte im Stall wiehern, das fuhr ihm durch
die Seele; er stand still. Er sah im Mondscheine, daß zwei
Männer sich wuschen, es wollte ihm das Herz brechen. Der
10 eine sprach: 'Das verfluchte Zeug geht nicht herunter', da
sagte der andere: 'Komm' erst in den Stall, dem Gaul den
Schwanz abzuschlagen und die Mähnen zu verschneiden.
Hast du das Felleisen auch tief genug unterm Mist begraben?' — 'Ja', sagte der andere. Da gingen sie nach dem
15 Stall, und Kasper, vor Jammer wie ein Rasender, sprang
hervor und schloß die Stallthüre hinter ihnen, und schrie:
'Im Namen des Herzogs! Ergebt euch; wer sich widersetzt,
den schieße ich nieder!' Ach, da hatte er seinen Vater und
seinen Stiefbruder als die Räuber seines Pferdes gefangen.
20 'Meine Ehre, meine Ehre ist verloren!' schrie er, 'ich bin
der Sohn eines ehrlosen Diebes'. Als die Beiden im Stalle
diese Worte hörten, ist ihnen bös zu Muthe geworden; sie
schrien: 'Kasper, lieber Kasper, um Gotteswillen, bringe
uns nicht ins Elend. Kasper, du sollst ja Alles wieder haben,
25 um deiner seligen Mutter willen, deren Sterbetag heute ist,
erbarme dich deines Vaters und Bruders!' Kasper aber war
wie verzweifelt, er schrie nur immer: 'Meine Ehre, meine
Pflicht!' Und da sie nun mit Gewalt die Thür erbrechen
wollten, und ein Fach in der Lehmwand einstießen, um zu
30 entkommen, schoß er ein Pistol in die Luft und schrie:
'Hilfe, Hilfe, Diebe, Hilfe!' Die Bauern, von dem Gerichtshalter erweckt, welche schon herannahten, um sich über
die verschiedenen Wege zu bereden, auf denen sie die
Einbrecher in die Mühle verfolgen wollten, stürzten auf den
35 Schuß und das Geschrei ins Haus. Der alte Finkel flehte
immer noch, der Sohn solle ihm die Thür öffnen, der aber
sagte: 'Ich bin ein Soldat und muß der Gerechtigkeit
dienen'. Da traten der Gerichtshalter und die Bauern heran.
Kasper sagte: 'Um Gottes Barmherzigkeit willen, Herr
40 Gerichtshalter, mein Vater, mein Bruder sind selbst die
Diebe, o daß ich nie geboren wäre! Hier im Stalle hab ich
sie gefangen, mein Felleisen liegt im Miste vergraben'. Da

sprangen die Bauern in den Stall und banden den alten
Finkel und seinen Sohn und schleppten sie in ihre Stube.
Kasper aber grub das Felleisen hervor und nahm die zwei
Kränze heraus, und ging nicht in die Stube, er ging nach
dem Kirchhof an das Grab seiner Mutter. Der Tag war
angebrochen. Ich war auf der Wiese gewesen, und hatte für
mich und für Kasper zwei Kränze von Blümelein Vergißnichtmein geflochten; ich dachte: er soll mit mir das Grab
seiner Mutter schmücken, wenn er von seinem Ritte
zurückkommt. Da hörte ich allerlei ungewohnten Lärm
im Dorf, und weil ich das Getümmel nicht mag und am
liebsten allein bin, so ging ich ums Dorf herum nach dem
Kirchhofe. Da fiel ein Schuß, ich sah den Dampf in die
Höhe steigen, ich eilte auf den Kirchhof, o du lieber Heiland!
erbarme dich sein. Kasper lag todt auf dem Grabe seiner
Mutter. Er hatte sich die Kugel durch das Herz geschossen,
auf welches er sich das Kränzlein, das er für schön Annerl
mitgebracht, am Knopfe befestigt hatte, durch diesen Kranz
hatte er sich ins Herz geschossen. Den Kranz für die
Mutter hatte er schon an das Kreuz befestigt. Ich meinte,
die Erde thäte sich unter mir auf bei dem Anblick. Ich
stürzte über ihn hin und schrie immer: 'Kasper, o du un-
glückseliger Mensch, was hast du gethan? Ach, wer hat dir
denn dein Elend erzählt? O warum habe ich dich von mir
gelassen, ehe ich dir Alles gesagt! Gott, was wird dein
armer Vater, dein Bruder sagen, wenn sie dich so finden!'
Ich wußte nicht, daß er sich wegen diesen das Leid angethan;
ich glaubte, es habe eine ganz andere Ursache. Da kam es
noch ärger. Der Gerichtshalter und die Bauern brachten
den alten Finkel und seinen Sohn mit Stricken gebunden.
Der Jammer erstickte mir die Stimme in der Kehle, ich
konnte kein Wort sprechen. Der Gerichtshalter fragte
mich: ob ich meinen Enkel nicht gesehen? Ich zeigte hin,
wo er lag. Er trat zu ihm, er glaubte, er weine auf dem
Grabe; er schüttelte ihn: da sah er das Blut niederstürzen.
'Jesus Maria!' rief er aus, 'der Kasper hat Hand an sich
gelegt'. Da sahen die beiden Gefangenen sich schrecklich
an; man nahm den Leib des Kaspers und trug ihn neben
ihnen her nach dem Hause des Gerichtshalters. Es war ein
Wehgeschrei im ganzen Dorfe, die Bauernweiber führten
mich nach. Ach, das war wohl der schrecklichste Weg in
meinem Leben!'

Da ward die Alte wieder still, und ich sagte zu ihr: 'Liebe Mutter, Euer Leid ist entsetzlich, aber Gott hat Euch auch recht lieb; die er am härtesten schlägt, sind seine liebsten Kinder. Sagt mir nun, liebe Mutter, was Euch bewogen hat, den weiten Weg hierher zu gehen, und um was Ihr die Bittschrift einreichen wollt?'

'Ei, das kann Er sich doch wohl denken', fuhr sie ganz ruhig fort, 'um ein ehrliches Grab für Kasper und die schöne Annerl, der ich das Kränzlein zu ihrem Ehrentage mitbringe. Es ist ganz mit Kaspers Blut unterlaufen, seh' Er einmal!'

Da zog sie einen kleinen Kranz von Flittergold aus ihrem Bündel, und zeigte ihn mir. Ich konnte bei dem anbrechenden Tage sehen, daß er vom Pulver geschwärzt und mit Blut besprengt war. Ich war ganz zerrissen von dem Unglücke der guten Alten, und die Größe und Festigkeit, womit sie es trug, erfüllte mich mit Verehrung. 'Ach, liebe Mutter', sagte ich, 'wie werdet Ihr der armen Annerl aber ihr Elend beibringen, daß sie nicht gleich vor Schrecken todt niedersinkt, und was ist denn das für ein Ehrentag, zu welchem Ihr dem Annerl den traurigen Kranz bringt?'

'Lieber Mensch', sprach sie, 'komme Er nur mit, Er kann mich zu ihr begleiten, ich kann doch nicht geschwind fort, so werden wir sie gerade noch zu rechter Zeit finden. Ich will Ihm unterwegs noch Alles erzählen'.

Nun stand sie auf, und betete ihren Morgensegen ganz ruhig, und brachte ihre Kleider in Ordnung, und ihren Bündel hängte sie dann an meinen Arm. Es war zwei Uhr des Morgens, der Tag graute und wir wandelten durch die stillen Gassen.

'Seh' Er', erzählte die Alte fort, 'als der Finkel und sein Sohn eingesperrt waren, mußte ich zum Gerichtshalter auf die Gerichtsstube. Der todte Kasper wurde auf einen Tisch gelegt und mit seinem Uhlanenmantel bedeckt hereingetragen, und nun mußte ich Alles dem Gerichtshalter sagen, was ich von ihm wußte und was er mir heute Morgen durch das Fenster gesagt hatte. Das schrieb er Alles auf sein Papier nieder, das vor ihm lag. Dann sah er die Schreibtafel durch, die sie bei Kasper gefunden; da standen mancherlei Rechnungen drin, einige Geschichten von der Ehre und auch die von dem französischen Unteroffizier, und hinter ihr war mit Bleistift etwas geschrieben'. Da gab mir die Alte

die Brieftasche, und ich las folgende letzte Worte des
unglücklichen Kaspers: 'Auch ich kann meine Schande
nicht überleben. Mein Vater und mein Bruder sind Diebe,
sie haben mich selbst bestohlen; mein Herz brach mir, aber
5 ich mußte sie gefangen nehmen und den Gerichten übergeben, denn ich bin ein Soldat meines Fürsten, und meine
Ehre erlaubt mir keine Schonung. Ich habe meinen Vater
und Bruder der Rache übergeben, um der Ehre willen. Ach!
bitte doch Jedermann für mich, daß man mir hier, wo ich
10 gefallen bin, ein ehrliches Grab neben meiner Mutter ver-
gönne. Das Kränzlein, durch welches ich mich erschossen,
soll die Großmutter der schönen Annerl schicken und sie
von mir grüßen. Ach! sie thut mir leid durch Mark und
Bein, aber sie soll doch den Sohn eines Diebes nicht
15 heirathen, denn sie hat immer viel auf Ehre gehalten. Liebe,
schöne Annerl, mögest du nicht so sehr erschrecken über
mich, gib dich zufrieden, und wenn du mir jemals ein
wenig gut warst, so rede nicht schlecht von mir. Ich kann
ja nichts für meine Schande! Ich hatte mir so viele Mühe
20 gegeben, in Ehren zu bleiben mein Leben lang, ich war
schon Unteroffizier und hatte den besten Ruf bei der
Schwadron, ich wäre gewiß noch einmal Offizier geworden,
und Annerl, dich hätte ich doch nicht verlassen, und hätte
keine Vornehmere gefreit — aber der Sohn eines Diebes,
25 der seinen Vater aus Ehre selbst fangen und richten lassen
muß, kann seine Schande nicht überleben. Annerl, liebes
Annerl, nimm doch ja das Kränzlein, ich bin dir immer treu
gewesen, so Gott mir gnädig sei! Ich gebe dir nun deine
Freiheit wieder, aber thue mir die Ehre, und heirathe nie
30 Einen, der schlechter wäre, als ich. Und wenn du kannst,
so bitte für mich: daß ich ein ehrliches Grab neben meiner
Mutter erhalte. Und wenn du hier in unserm Orte sterben
solltest, so lasse dich auch bei uns begraben; die gute
Großmutter wird auch zu uns kommen, da sind wir Alle
35 beisammen. Ich habe fünfzig Thaler in meinem Felleisen,
die sollen auf Interessen gelegt werden für dein erstes Kind.
Meine silberne Uhr soll der Herr Pfarrer haben, wenn ich
ehrlich begraben werde. Mein Pferd, die Uniform und
Waffen gehören dem Herzoge, diese meine Brieftasche
40 gehört dein. Adies, herztausender Schatz, Adies, liebe
Großmutter, betet für mich und lebt Alle wohl. — Gott
erbarme sich meiner. — Ach, meine Verzweiflung ist groß!'

Ich konnte diese letzten Worte eines gewiß edeln unglücklichen Menschen nicht ohne bittere Thränen lesen. — 'Der
Kasper muß ein gar guter Mensch gewesen sein, liebe
Mutter', sagte ich zu der Alten, welche nach diesen Worten
5 stehen blieb und meine Hand drückte und mit tief bewegter
Stimme sagte: 'Ja, es war der beste Mensch auf der Welt.
Aber die letzten Worte von der Verzweiflung hätte er nicht
schreiben sollen, die bringen ihn um sein ehrliches Grab,
die bringen ihn auf die Anatomie. Ach, lieber Schreiber,
10 wenn Er hierin nur helfen könnte.'
     'Wie so, liebe Mutter?' fragte ich, 'was können diese
letzten Worte dazu beitragen?' — 'Ja gewiß', erwiederte sie,
'der Gerichtshalter hat es mir selbst gesagt. Es ist ein
Befehl an alle Gerichte ergangen, daß nur die Selbstmörder
15 aus Melancholie ehrlich sollen begraben werden; Alle aber,
die aus Verzweiflung Hand an sich gelegt, sollen auf die
Anatomie, und der Gerichtshalter hat mir gesagt, daß er den
Kasper, weil er selbst seine Verzweiflung eingestanden, auf
die Anatomie schicken müsse'.
20   'Das ist ein wunderlich Gesetz', sagte ich, 'denn man
könnte wohl bei jedem Selbstmord einen Proceß anstellen:
ob er aus Melancholie oder Verzweiflung entstanden, der so
lange dauern müßte, daß der Richter und die Advocaten
darüber in Melancholie und Verzweiflung fielen und auf die
25 Anatomie kämen. Aber seid nur getröstet, liebe Mutter,
unser Herzog ist ein so guter Herr, wenn er die ganze Sache
hört, wird er dem armen Kasper gewiß sein Plätzchen neben
der Mutter vergönnen'.
     'Das gebe Gott!' erwiederte die Alte, 'sehe Er nun, lieber
30 Mensch, als der Gerichtshalter Alles zu Papier gebracht
hatte, gab er mir die Brieftasche und den Kranz für die
schöne Annerl, und so bin ich dann gestern hierher gelaufen,
damit ich ihr an ihrem Ehrentage den Trost noch mit auf
den Weg geben kann. — Der Kasper ist zu rechter Zeit
35 gestorben, hätte er Alles gewußt, er wäre närrisch geworden
vor Betrübniß'.
     'Was ist es denn nun mit der schönen Annerl?' fragte ich
die Alte. 'Bald sagt Ihr, sie habe nur noch wenige Stunden,
bald sprecht Ihr von ihrem Ehrentag, und sie werde Trost
40 gewinnen durch Eure traurige Nachricht. Sagt mir doch
Alles heraus, will sie Hochzeit halten mit einem Andern, ist

sie todt, krank? Ich muß Alles wissen, damit ich es in die
Bittschrift setzen kann'.

Da erwiederte die Alte: 'Ach, lieber Schreiber, es ist nun
so! Gottes Wille geschehe! Sehe Er, als Kasper kam, war
ich doch nicht recht froh, als Kasper sich das Leben nahm,
war ich doch nicht recht traurig; ich hätte es nicht überleben
können, wenn Gott sich meiner nicht erbarmt gehabt hätte
mit größerem Leid. Ja, ich sage Ihm: es war mir ein Stein
vor das Herz gelegt, wie ein Eisbrecher, und alle die Schmer-
zen, die wie Grundeis gegen mich stürzten und mir das Herz
gewiß abgestoßen hätten, die zerbrachen an diesem Stein
und trieben kalt vorüber. Ich will Ihm etwas erzählen, das
ist betrübt:

Als mein Pathchen, die schöne Annerl, ihre Mutter verlor,
die eine Base von mir war und sieben Meilen von uns
wohnte, war ich bei der kranken Frau. Sie war die Wittwe
eines armen Bauern, und hatte in ihrer Jugend einen Jäger
lieb gehabt, ihn aber wegen seines wilden Lebens nicht
genommen. Der Jäger war endlich in solch' Elend gekommen, daß er auf Tod und Leben wegen eines Mordes
gefangen saß. Das erfuhr meine Base auf ihrem Kranken-
lager, und es that ihr so weh, daß sie täglich schlimmer
wurde, und endlich in ihrer Todesstunde, als sie mir die
liebe schöne Annerl als mein Pathchen übergab und
Abschied von mir nahm, noch in den letzten Augenblicken
zu mir sagte: 'Liebe Anne Margareth, wenn du durch das
Städtchen kömmst, wo der arme Jürge gefangen liegt, so
lasse ihm sagen durch den Gefangenwärter, daß ich ihn
bitte auf meinem Todesbett: er solle sich zu Gott bekehren,
und daß ich herzlich für ihn gebetet habe in meiner letzten
Stunde, und daß ich ihn schön grüßen lasse.' — Bald nach
diesen Worten starb die gute Base, und als sie begraben war,
nahm ich die kleine Annerl, die drei Jahr alt war, auf den
Arm und ging mit ihr nach Haus.

Vor dem Städtchen, durch das ich mußte, kam ich an der
Scharfrichterei vorüber, und weil der Meister berühmt war
als ein Viehdoctor, sollte ich einige Arznei mitnehmen für
unsern Schulzen. Ich trat in die Stube und sagte dem
Meister, was ich wollte, und er antwortete, daß ich ihm auf
den Boden folgen solle, wo er die Kräuter liegen habe, und
ihm helfen aussuchen. Ich ließ Annerl in der Stube und
folgte ihm. Als wir zurück in die Stube traten, stand Annerl

vor einem kleinen Schranke, der an der Wand befestigt war, und sprach: 'Großmutter, da ist eine Maus drin, hört, wie es klappert, da ist eine Maus drin!'

Auf diese Rede des Kindes machte der Meister ein sehr ernsthaftes Gesicht, riß den Schrank auf und sprach: 'Gott sei uns gnädig!' denn er sah sein Richtschwerdt, das allein in dem Schrank an einem Nagel hing, hin und her wanken. Er nahm das Schwerdt herunter und mir schauderte. 'Liebe Frau', sagte er, 'wenn Ihr das kleine liebe Annerl lieb habt, so erschreckt nicht, wenn ich ihr mit meinem Schwerdte rings um das Hälschen die Haut ein wenig aufritze; denn das Schwerdt hat vor ihm gewankt, es hat nach seinem Blute verlangt, und wenn ich ihm den Hals damit nicht ritze, so steht dem Kinde groß Elend im Leben bevor'. Da faßte er das Kind, welches entsetzlich zu schreien begann, ich schrie auch und riß das Annerl zurück. Indem trat der Bürgermeister des Städtchens herein, der von der Jagd kam und dem Richter einen kranken Hund zur Heilung bringen wollte. Er fragte nach der Ursache des Geschreis. Annerl schrie: 'Er will mich umbringen!' Ich war außer mir vor Entsetzen. Der Richter erzählte dem Bürgermeister das Ereigniß. Dieser verwies ihm seinen Aberglauben, wie er es nannte, heftig und unter scharfen Drohungen. Der Richter blieb ganz ruhig dabei und sprach: 'So haben's meine Väter gehalten, so halt' ich's'. Da sprach der Bürgermeister: 'Meister Franz, wenn Ihr glaubt, Euer Schwerdt habe sich gerührt, weil ich Euch hiermit anzeige, daß morgen früh um sechs Uhr der Jäger Jürge von Euch soll geköpft werden, so wollt' ich es noch verzeihen; aber daß Ihr daraus etwas auf dies liebe Kind schließen wollt, das ist unvernünftig und toll. Es könnte so etwas einen Menschen in Verzweiflung bringen, wenn man es ihm später in seinem Alter sagte, daß es ihm in seiner Jugend geschehen sei. Man soll keinen Menschen in Versuchung führen'. — 'Aber auch keines Richters Schwerdt', sagte Meister Franz vor sich, und hing sein Schwerdt wieder in den Schrank. Nun küßte der Bürgermeister das Annerl und gab ihm eine Semmel aus seiner Jagdtasche, und da er mich gefragt, wer ich sei, wo ich her komme und wo ich hin wolle? und ich ihm den Tod meiner Base erzählt hatte, und auch den Auftrag an den Jäger Jürge, sagte er mir: 'Ihr sollt ihn ausrichten, ich will Euch selbst zu ihm führen. Er hat ein hartes Herz, vielleicht

wird ihn das Andenken einer guten Sterbenden in seinen
letzten Stunden rühren'. Da nahm der gute Herr mich und
Annerl auf seinen Wagen, der vor der Thüre hielt, und fuhr
mit uns in das Städtchen hinein.

5   Er hieß mich zu seiner Köchin gehn; da kriegten wir gutes
Essen, und gegen Abend ging er mit mir zu dem armen Sün-
der. Und als ich dem die letzten Worte meiner Base erzählte,
fing er bitterlich an zu weinen und schrie: 'Ach, Gott! wenn
sie mein Weib geworden, wäre es nicht so weit mit mir ge-
10   kommen'. Dann begehrte er, man solle den Herrn Pfarrer
doch noch einmal zu ihm bitten, er wolle mit ihm beten.
Das versprach ihm der Bürgermeister und lobte ihn wegen
seiner Sinnesveränderung, und fragte ihn: ob er vor seinem
Tode noch einen Wunsch hätte, den er ihm erfüllen könne.
15   Da sagte der Jäger Jürge: 'Ach, bittet hier die gute alte
Mutter, daß sie doch morgen mit dem Töchterlein ihrer
seligen Base bei meinem Rechte zugegen sein möge, das
wird mir das Herz stärken in meiner letzten Stunde'. Da bat
mich der Bürgermeister, und so graulich es mir war, so
20   konnte ich es dem armen elenden Menschen nicht abschlagen. Ich mußte ihm die Hand geben und es ihm feier-
lich versprechen, und er sank weinend auf das Stroh. Der
Bürgermeister ging dann mit mir zu seinem Freunde, dem
Pfarrer, dem ich nochmals Alles erzählen mußte, ehe er sich
25   ins Gefängniß begab.
      Die Nacht mußte ich mit dem Kinde in des Bürgermeisters
Haus schlafen, und am andern Morgen ging ich den
schweren Gang zur Hinrichtung des Jägers Jürge. Ich
stand neben dem Bürgermeister im Kreis, und sah, wie er
30   das Stäblein brach. Da hielt der Jäger Jürge noch eine
schöne Rede, und alle Leute weinten, und er sah mich und
die kleine Annerl, die vor mir stand, gar beweglich an, und
dann küßte er den Meister Franz, der Pfarrer betete mit ihm,
die Augen wurden ihm verbunden, und er kniete nieder.
35   Da gab ihm der Richter den Todesstreich. 'Jesus, Maria,
Joseph!' schrie ich aus; denn der Kopf des Jürgen flog
gegen Annerl zu und biß mit seinen Zähnen dem Kinde in
sein Röckchen, das ganz entsetzlich schrie. Ich riß meine
Schürze vom Leibe und warf sie über den scheußlichen
40   Kopf, und Meister Franz eilte herbei, riß ihn los und sprach:
'Mutter, Mutter, was habe ich gestern Morgen gesagt; ich
kenne mein Schwerdt, es ist lebendig!' — Ich war niederge-

sunken vor Schreck, das Annerl schrie entsetzlich. Der Bürgermeister war ganz bestürzt und ließ mich und das Kind nach
seinem Hause fahren. Da schenkte mir seine Frau andere
Kleider für mich und das Kind, denn die unsrigen waren
5 von Jürges Blut bespritzt, und Nachmittags schenkte uns
der Bürgermeister noch Geld, und viele Leute des Städtchens auch, die Annerl sehen wollten, so daß ich an zwanzig
Thaler und viele Kleider für sie bekam. Am Abend kam der
Pfarrer ins Haus und redete mir lange zu, daß ich das Annerl
10 nur recht in der Gottesfurcht erziehen sollte, und auf alle die
betrübten Zeichen gar nichts geben, das seien nur Schlingen
des Satans, die man verachten müsse, und dann schenkte er
mir noch eine schöne Bibel für das Annerl, die sie noch hat;
und dann ließ uns der gute Bürgermeister am andern Mor-
15 gen noch an drei Meilen weit nach Haus fahren. Ach, du
mein Gott, und Alles ist doch eingetroffen!' sagte die Alte
und schwieg.

Eine schauerliche Ahnung ergriff mich, die Erzählung der
Alten hatte mich ganz zermalmt. 'Um Gottes willen,
20 Mutter!' rief ich aus, 'was ist es mit der armen Annerl
geworden, ist denn gar nicht zu helfen?'

'Es hat sie mit den Zähnen dazu gerissen!' sagte die Alte.
'Heut wird sie gerichtet; aber sie hat es in der Verzweiflung
gethan, die Ehre, die Ehre lag ihr im Sinne. Sie war zu
25 Schanden gekommen aus Ehrsucht, sie wurde verführt von
einem Vornehmen, er hat sie sitzen lassen, sie hat ihr Kind
erstickt in derselben Schürze, die ich damals über den Kopf
des Jägers Jürge warf, und die sie mir heimlich entwendet
hat. Ach, es hat sie mit Zähnen dazu gerissen, sie hat es in
30 der Verwirrung gethan. Der Verführer hatte ihr die Ehe
versprochen und gesagt: Der Kasper sei in Frankreich geblieben. Dann ist sie verzweifelt und hat das Böse gethan, und
hat sich selbst bei den Gerichten angegeben. Um vier Uhr
wird sie gerichtet. Sie hat mir geschrieben: ich möchte noch
35 zu ihr kommen; das will ich nun thun und ihr das Kränzlein
und den Gruß von dem armen Kasper bringen, und die
Rose, die ich heut' Nacht erhalten, das wird sie trösten. Ach,
lieber Schreiber, wenn Er es nur in der Bittschrift auswirken
kann: daß ihr Leib und auch der Kasper dürfen auf unsern
40 Kirchhof gebracht werden'.

'Alles, Alles will ich versuchen!' rief ich aus. 'Gleich will
ich nach dem Schlosse laufen; mein Freund, der Ihr die Rose

gab, hat die Wache dort, er soll mir den Herzog wecken. Ich will vor sein Bett knien, und ihn um Pardon für Annerl bitten'.

'Pardon?' sagte die Alte kalt. 'Es hat sie ja mit Zähnen
5   dazu gezogen; hör' Er, lieber Freund, Gerechtigkeit ist besser als Pardon; was hilft aller Pardon auf Erden, wir müssen doch Alle vor das Gericht:

> Ihr Todten, ihr Todten sollt auferstehn,
> Ihr sollt vor das jüngste Gerichte gehn.

10   Seht, sie will keinen Pardon, man hat ihn ihr angeboten, wenn sie den Vater des Kindes nennen wolle. Aber das Annerl hat gesagt: 'Ich habe sein Kind ermordet und will sterben, und ihn nicht unglücklich machen; ich muß meine Strafe leiden, daß ich zu meinem Kinde komme, aber ihn
15   kann es verderben, wenn ich ihn nenne'. Darüber wurde ihr das Schwerdt zuerkannt. Gehe Er zum Herzog, und bitte Er für Kasper und Annerl um ein ehrlich Grab. Gehe Er gleich. Seh' Er: dort geht der Herr Pfarrer ins Gefängniß; ich will ihn ansprechen, daß er mich mit hinein zum schönen
20   Annerl nimmt. Wenn Er sich eilt, so kann Er uns draußen am Gerichte vielleicht den Trost noch bringen: mit dem ehrlichen Grabe für Kasper und Annerl'.

Unter diesen Worten waren wir mit dem Prediger zusammengetroffen. Die Alte erzählte ihr Verhältniß zu
25   der Gefangenen, und er nahm sie freundlich mit zum Gefängniß. Ich aber eilte nun, wie ich noch nie gelaufen, nach dem Schloß, und es machte mir einen tröstenden Eindruck, es war mir wie ein Zeichen der Hoffnung, als ich an Graf Grossingers Hause vorüberstürzte und aus einem
30   offenen Fenster des Gartenhauses eine liebliche Stimme zur Laute singen hörte:

> 'Die Gnade sprach von Liebe,
> Die Ehre aber wacht,
> Und wünscht voll Lieb' der Gnade
35   > In Ehren gute Nacht.
>
> Die Gnade nimmt den Schleier,
> Wenn Liebe Rosen gibt,
> Die Ehre grüßt den Freier,
> Weil sie die Gnade liebt'.

Ach, ich hatte der guten Wahrzeichen noch mehr! Ein-
hundert Schritte weiter fand ich einen weißen Schleier auf
der Straße liegend; ich raffte ihn auf, er war voll von duften-
den Rosen. Ich hielt ihn in der Hand und lief weiter mit dem
Gedanken: Ach, Gott, das ist die Gnade. Als ich um die
Ecke bog, sah ich einen Mann, der sich in seinem Mantel
verhüllte, als ich vor ihm vorüber eilte, und mir heftig den
Rücken wandte, um nicht gesehen zu werden. Er hätte es
nicht nöthig gehabt, ich sah und hörte nichts in meinem
Innern, als: Gnade, Gnade! und stürzte durch das Gitterthor
in den Schloßhof. Gott sei Dank, der Fähndrich, Graf
Grossinger, der unter den blühenden Kastanienbäumen vor
der Wache auf und ab ging, trat mir schon entgegen.

'Lieber Graf', sagte ich mit Ungestüm, 'Sie müssen mich
gleich zum Herzoge bringen, gleich auf der Stelle, oder Alles
ist zu spät, Alles ist verloren!'

Er schien verlegen über diesen Antrag und sagte: 'Was
fällt Ihnen ein, zu dieser ungewohnten Stunde? Es ist nicht
möglich. Kommen Sie zur Parade, da will ich Sie vorstellen'.

Mir brannte der Boden unter den Füßen. 'Jetzt', rief ich
aus, 'oder nie! Es muß sein! Es betrifft das Leben eines
Menschen'.

'Es kann jetzt nicht sein', erwiederte Grossinger scharf ab-
sprechend. 'Es betrifft meine Ehre; es ist mir untersagt,
heute Nacht irgend eine Meldung zu thun'.

Das Wort Ehre machte mich verzweifeln. Ich dachte an
Kaspers Ehre, an Annerls Ehre, und sagte: 'Die vermale-
deite Ehre! Gerade um die letzte Hilfe zu leisten, welche so
eine Ehre übrig gelassen, muß ich zum Herzoge. Sie
müssen mich melden, oder ich schreie laut nach dem
Herzoge'.

'So Sie sich rühren', sagte Grossinger heftig, 'lasse ich
Sie in die Wache werfen. Sie sind ein Phantast, Sie kennen
keine Verhältnisse'.

'O, ich kenne Verhältnisse, schreckliche Verhältnisse! Ich
muß zum Herzoge, jede Minute ist unerkauflich!' versetzte
ich. 'Wollen Sie mich nicht gleich melden, so eile ich allein
zu ihm'.

Mit diesen Worten wollte ich nach der Treppe, die zu den
Gemächern des Herzogs hinaufführte, als ich den nämlichen,
in einem Mantel Verhüllten, der mir begegnete, nach dieser

Treppe eilend, bemerkte. Grossinger drehte mich mit
Gewalt um, daß ich diesen nicht sehen sollte. 'Was machen
Sie, Thöriger!' flüsterte er mir zu. 'Schweigen Sie, ruhen
Sie. Sie machen mich unglücklich'.

5   'Warum halten Sie den Mann nicht zurück, der da hinauf
ging?' sagte ich. 'Er kann nichts Dringenderes vorzubringen
haben, als ich. Ach, es ist so dringend, ich muß, ich muß!
Es betrifft das Schicksal eines unglücklichen, verführten,
armen Geschöpfes.'

10   Grossinger erwiederte: 'Sie haben den Mann hinaufgehen
sehen; wenn Sie je ein Wort davon äußern, so kommen Sie
vor meine Klinge. Gerade, weil Er hinauf ging, können
Sie nicht hinauf, der Herzog hat Geschäfte mit ihm'.

Da erleuchteten sich die Fenster des Herzogs. 'Gott, er
15   hat Licht, er ist auf!' sagte ich. 'Ich muß ihn sprechen, um
des Himmels willen, lassen Sie mich, oder ich schreie Hilfe'.

Grossinger faßte mich beim Arm und sagte: 'Sie sind betrunken, kommen Sie in die Wache; ich bin Ihr Freund,
schlafen Sie aus und sagen Sie mir das Lied, das die Alte
20   heut Nacht an der Thüre sang, als ich die Runde führte; das
Lied interessirt mich sehr'.

'Gerade wegen der Alten und den Ihrigen muß ich mit
dem Herzoge sprechen!' rief ich aus.

'Wegen der Alten?' versetzte Grossinger. 'Wegen der
25   sprechen Sie mit mir, die großen Herren haben keinen Sinn
für so etwas. Geschwind kommen Sie nach der Wache'.

Er wollte mich fortziehen, da schlug die Schloßuhr halb
Vier. Der Klang schnitt mir wie ein Schrei der Noth durch
die Seele, und ich schrie aus voller Brust zu den Fenstern
30   des Herzogs hinauf:

'Hilfe! um Gottes willen, Hilfe für ein elendes, verführtes
Geschöpf!' Da ward Grossinger wie unsinnig. Er wollte
mir den Mund zuhalten, aber ich rang mit ihm; er stieß mich
in den Nacken, er schimpfte; ich fühlte, ich hörte Nichts.
35   Er rief nach der Wache; der Korporal eilte mit etlichen Soldaten herbei, mich zu greifen. Aber in dem Augenblicke ging
des Herzogs Fenster auf, und es rief herunter:

'Fähndrich Graf Grossinger, was ist das für ein Scandal?
Bringen Sie den Menschen herauf, gleich auf der Stelle!'
40   Ich wartete nicht auf den Fähndrich; ich stürzte die
Treppe hinauf, ich fiel nieder zu den Füßen des Herzogs,
der mich betroffen und unwillig aufstehen hieß. Er hatte

Stiefel und Sporen an, und doch einen Schlafrock, den er
sorgfältig über der Brust zusammen hielt.

Ich trug dem Herzog Alles, was mir die Alte von dem
Selbstmorde des Uhlanen, von der Geschichte der schönen
5 Annerl erzählt hatte, so gedrängt vor, als es die Noth
erforderte, und flehte ihn wenigstens um den Aufschub der
Hinrichtung auf wenige Stunden und um ein ehrliches Grab
für die beiden Unglücklichen an, wenn Gnade unmöglich
sei. — 'Ach, Gnade, Gnade!' rief ich aus, indem ich den
10 gefundenen weißen Schleier voll Rosen aus dem Busen zog;
'dieser Schleier, den ich auf meinem Wege hierher gefunden,
schien mir Gnade zu verheißen'.

Der Herzog griff mit Ungestüm nach dem Schleier und
war heftig bewegt; er drückte den Schleier in seinen Händen,
15 und als ich die Worte aussprach: 'Euere Durchlaucht!
Dieses arme Mädchen ist ein Opfer falscher Ehrsucht; ein
Vornehmer hat sie verführt und ihr die Ehe versprochen.
Ach, sie ist so gut, daß sie lieber sterben will, als ihn nennen'
— da unterbrach mich der Herzog mit Thränen in den
20 Augen und sagte: 'Schweigen Sie, ums Himmels willen,
schweigen Sie!' — Und nun wendete er sich zu dem Fähndrich, der an der Thüre stand, und sagte mit dringender
Eile: 'Fort, eilend zu Pferde mit diesem Menschen hier;
reiten Sie das Pferd todt; nur nach dem Gerichte hin.
25 Heften Sie diesen Schleier an Ihren Degen, winken und
schreien Sie Gnade, Gnade! Ich komme nach'.

Grossinger nahm den Schleier. Er war ganz verwandelt,
er sah aus wie ein Gespenst vor Angst und Eile. Wir
stürzten in den Stall, saßen zu Pferd und ritten im Galopp;
30 er stürmte wie ein Wahnsinniger zum Thore hinaus. Als er
den Schleier an seine Degenspitze heftete, schrie er: 'Herr
Jesus, meine Schwester!' Ich verstand nicht, was er wollte.
Er stand hoch im Bügel, und wehte und schrie: 'Gnade,
Gnade!' Wir sahen auf dem Hügel die Menge um das
35 Gericht versammelt. Mein Pferd scheute vor dem wehenden
Tuch. Ich bin ein schlechter Reiter, ich konnte den Grossinger nicht einholen; er flog im schnellsten Carriere: ich
strengte alle Kräfte an. Trauriges Schicksal! Die Artillerie
exerzirte in der Nähe; der Kanonendonner machte es un-
40 möglich, unser Geschrei aus der Ferne zu hören. Grossinger
stürzte, das Volk stob auseinander, ich sah in den Kreis, ich
sah einen Stahlblitz in der frühen Sonne — ach Gott, es war

der Schwerdtblitz des Richters! — Ich sprengte heran, ich
hörte das Wehklagen der Menge. 'Pardon, Pardon!' schrie
Grossinger und stürzte mit wehendem Schleier durch den
Kreis wie ein Rasender. Aber der Richter hielt ihm das
5 blutende Haupt der schönen Annerl entgegen, das ihn
wehmüthig anlächelte. Da schrie er: 'Gott sei mir gnädig!'
und fiel auf die Leiche hin zur Erde. 'Tödtet mich, tödtet
mich, ihr Menschen! Ich habe sie verführt, ich bin ihr
Mörder!'
10   Eine rächende Wuth ergriff die Menge. Die Weiber und
Jungfrauen drangen heran und rissen ihn von der Leiche,
und traten ihn mit Füßen, er wehrte sich nicht; die Wachen
konnten das wüthende Volk nicht bändigen. Da erhob sich
das Geschrei: 'Der Herzog, der Herzog!' — Er kam im
15 offenen Wagen gefahren; ein blutjunger Mensch, den Hut
tief ins Gesicht gedrückt, in einen Mantel gehüllt, saß neben
ihm. Die Menschen schleifen Grossinger herbei: 'Jesus,
mein Bruder!' schrie der junge Offizier mit der weiblichsten
Stimme aus dem Wagen. Der Herzog sprach bestürzt zu
20 ihm: 'Schweigen Sie!' Er sprang aus dem Wagen, der
junge Mensch wollte folgen; der Herzog drängte ihn schier
unsanft zurück; aber so beförderte sich die Entdeckung, daß
der junge Mensch die, als Offizier verkleidete, Schwester
Grossingers sei. Der Herzog ließ den mißhandelten, bluten-
25 den, ohnmächtigen Grossinger in den Wagen legen, die
Schwester nahm keine Rücksicht mehr, sie warf ihren Mantel über ihn. Jedermann sah sie in weiblicher Kleidung.
Der Herzog war verlegen; aber er sammlete sich, und befahl,
den Wagen sogleich umzuwenden, und die Gräfin mit ihrem
30 Bruder nach ihrer Wohnung zu fahren. Dieses Ereigniß
hatte die Wuth der Menge einigermaßen gestillt. Der
Herzog sagte laut zu dem wachthabenden Offiziere: 'Die
Gräfin Grossinger hat ihren Bruder an ihrem Hause vorbei reiten sehen, den Pardon zu bringen, und wollte diesem
35 freudigen Ereigniß beiwohnen; als ich zu demselben Zwecke
vorüber fuhr, stand sie am Fenster und bat mich, sie in
meinem Wagen mitzunehmen, ich konnte es dem gutmüthigen Kinde nicht abschlagen. Sie nahm einen Mantel
und Hut ihres Bruders, um kein Aufsehen zu erregen, und
40 hat, von dem unglücklichen Zufall überrascht, die Sache
gerade dadurch zu einem abenteuerlichen Scandale gemacht.
Aber wie konnten Sie, Herr Lieutenant, den unglücklichen

Grafen Grossinger nicht vor dem Pöbel schützen? Es ist
ein gräßlicher Fall daß er, mit dem Pferde stürzend, zu spät
kam; er kann doch aber nichts dafür. Ich will die Miß-
handler des Grafen verhaftet und bestraft wissen'.

5   Auf diese Rede des Herzogs erhob sich ein allgemeines
Geschrei: 'Er ist ein Schurke, er ist der Verführer, der
Mörder der schönen Annerl gewesen; er hat es selbst gesagt,
der elende, der schlechte Kerl!'

Als dieß von allen Seiten her tönte und auch der Prediger
10   und der Offizier und die Gerichtspersonen es bestätigten,
war der Herzog so tief erschüttert, daß er nichts sagte, als:
'Entsetzlich, entsetzlich, o, der elende Mensch!'

Nun trat der Herzog blaß und bleich in den Kreis; er
wollte die Leiche der schönen Annerl sehen. Sie lag auf dem
15   grünen Rasen in einem schwarzen Kleide mit weißen
Schleifen. Die alte Großmutter, welche sich um Alles, was
vorging, nicht bekümmerte, hatte ihr das Haupt an den
Rumpf gelegt und die schreckliche Trennung mit ihrer
Schürze bedeckt. Sie war beschäftigt, ihr die Hände über
20   die Bibel zu falten, welche der Pfarrer in dem kleinen
Städtchen der kleinen Annerl geschenkt hatte; das goldene
Kränzlein band sie ihr auf den Kopf und steckte die Rose
vor die Brust, welche ihr Grossinger in der Nacht gegeben
hatte, ohne zu wissen, wem er sie gab.

25   Der Herzog sprach bei diesem Anblicke: 'Schönes, un-
glückliches Annerl! Schändlicher Verführer, du kamst zu
spät! — Arme, alte Mutter, du bist ihr allein treu geblieben
bis in den Tod!' Als er mich bei diesen Worten in seiner
Nähe sah, sprach er zu mir: 'Sie sagten mir von einem
30   letzten Willen des Korporal Kasper, haben Sie ihn bei sich?'
Da wendete ich mich zu der Alten und sagte: 'Arme Mutter,
gebt mir die Brieftasche Kaspers; Seine Durchlaucht wollen
seinen letzten Willen lesen'.

Die Alte, welche sich um nichts bekümmerte, sagte
35   mürrisch: 'Ist Er auch wieder da? Er hätte lieber ganz zu
Hause bleiben können. Hat Er die Bittschrift? Jetzt ist es
zu spät. Ich habe dem armen Kinde den Trost nicht geben
können, daß sie zu Kasper in ein ehrliches Grab soll; ach,
ich hab es ihr vorgelogen, aber sie hat mir nicht geglaubt!'
40   Der Herzog unterbrach sie und sprach: 'Ihr habt nicht
gelogen, gute Mutter. Der Mensch hat sein Möglichstes
gethan, der Sturz des Pferdes ist an Allem schuld. Aber sie

soll ein ehrliches Grab haben bei ihrer Mutter und bei
Kasper, der ein braver Kerl war. Es soll ihnen Beiden eine
Leichenpredigt gehalten werden über die Worte: "Gebt
Gott allein die Ehre!" Der Kasper soll als Fähndrich
begraben werden, seine Schwadron soll ihm dreimal ins
Grab schießen und des Verderbers Grossingers Degen soll
auf seinen Sarg gelegt werden'.

Nach diesen Worten ergriff er Grossingers Degen, der mit
dem Schleier noch an der Erde lag, nahm den Schleier herunter, bedeckte Annerl damit und sprach: 'Dieser unglück-
liche Schleier, der ihr so gern Gnade gebracht hätte, soll ihr
die Ehre wieder geben. Sie ist ehrlich und begnadigt
gestorben, der Schleier soll mit ihr begraben werden'.

Den Degen gab er dem Offizier der Wache mit den
Worten: 'Sie werden heute noch meine Befehle wegen der
Bestattung des Uhlanen und dieses armen Mädchens bei der
Parade empfangen'.

Nun las er auch die letzten Worte Kaspers laut mit vieler
Rührung. Die alte Großmutter umarmte mit Freuden-
thränen seine Füße, als wäre sie das glücklichste Weib. Er
sagte zu ihr: 'Gebe Sie sich zufrieden, Sie soll eine Pension
haben bis an Ihr seliges Ende, ich will Ihrem Enkel und der
Annerl einen Denkstein setzen lassen'. Nun befahl er dem
Prediger, mit der Alten und einem Sarge, in welchen die
Gerichtete gelegt wurde, nach seiner Wohnung zu fahren,
und sie dann nach ihrer Heimath zu bringen und das
Begräbniß zu besorgen. Da während dem seine Adjutanten
mit Pferden gekommen waren, sagte er noch zu mir: 'Geben
Sie meinem Adjutanten Ihren Namen an, ich werde Sie
rufen lassen. Sie haben einen schönen menschlichen Eifer
gezeigt'. Der Adjutant schrieb meinen Namen in seine
Schreibtafel und machte mir ein verbindliches Compliment.
Dann sprengte der Herzog, von den Segenswünschen der
Menge begleitet, in die Stadt. Die Leiche der schönen
Annerl ward nun mit der guten alten Großmutter in das
Haus des Pfarrers gebracht, und in der folgenden Nacht
fuhr dieser mit ihr nach der Heimath zurück. Der Offizier
traf, mit dem Degen Grossingers und einer Schwadron
Uhlanen, auch daselbst am folgenden Abend ein. Da wurde
nun der brave Kasper, mit Grossingers Degen auf der
Bahre und dem Fähndrichs-Patent, neben der schönen
Annerl zur Seite seiner Mutter begraben. Ich war auch

hingeeilt und führte die alte Mutter, welche kindisch vor
Freude war, aber wenig redete; und als die Uhlanen dem
Kasper zum dritten Mal ins Grab schossen, fiel sie mir todt
in die Arme. Sie hat ihr Grab auch neben den Ihrigen
empfangen. Gott gebe ihnen Allen eine freudige Aufer-
stehung!

> Sie sollen treten auf die Spitzen,
> Wo die lieben Engelein sitzen,
> Wo kömmt der liebe Gott gezogen,
> Mit einem schönen Regenbogen;
> Da sollen ihre Seelen vor Gott bestehn,
> Wann wir werden zum Himmel eingehn!
> Amen.

Als ich in die Hauptstadt zurückkam, hörte ich: Graf Grossinger sei gestorben, er habe Gift genommen. In meiner
Wohnung fand ich einen Brief von ihm. Er sagte mir
darin:

'Ich habe Ihnen viel zu danken. Sie haben meine Schande,
die mir lange das Herz abnagte, zu Tage gebracht. Jenes
Lied der Alten kannte ich wohl; die Annerl hatte es mir oft
vorgesagt, sie war ein unbeschreiblich edles Geschöpf. Ich
war ein elender Verbrecher. Sie hatte ein schriftliches
Eheversprechen von mir gehabt, und hat es verbrannt.
Sie diente bei einer alten Tante von mir, sie litt oft an
Melancholie. Ich habe mich durch gewisse medizinische
Mittel, die etwas Magisches haben, ihrer Seele bemächtigt.
— Gott sei mir gnädig! — Sie haben auch die Ehre meiner
Schwester gerettet. Der Herzog liebt sie, ich war sein
Günstling — die Geschichte hat ihn erschüttert — Gott
helfe mir! Ich habe Gift genommen.
Joseph Graf Grossinger'.

Die Schürze der schönen Annerl, in welche ihr der Kopf
des Jägers Jürge bei seiner Enthauptung gebissen, ist auf
der herzoglichen Kunstkammer bewahrt worden. Man sagt:
die Schwester des Grafen Grossinger werde der Herzog mit
dem Namen *Voile de Grâce*, auf deutsch 'Gnadenschleier', in
den Fürstenstand erheben und sich mit ihr vermählen. Bei
der nächsten Revue in der Gegend von D . . . soll das
Monument auf den Gräbern der beiden unglücklichen
Ehrenopfer auf dem Kirchhofe des Dorfs errichtet und

eingeweiht werden. Der Herzog wird mit der Fürstin selbst
zugegen sein. Er ist ausnehmend zufrieden damit; die Idee
soll von der Fürstin und dem Herzoge zusammen erfunden
sein. Es stellt die falsche und wahre Ehre vor, die sich vor
5 einem Kreuze beiderseits gleich tief zur Erde beugen; die
Gerechtigkeit steht mit dem geschwungenen Schwerdte zur
einen Seite, die Gnade zur andern Seite und wirft einen
Schleier heran. Man will im Kopfe der Gerechtigkeit
Aehnlichkeit mit dem Herzog, in dem Kopfe der Gnade
10 Aehnlichkeit mit dem Gesichte der Fürstin finden.

old woman tells story Kasper — obsessed
with honour. Loves Annerl. Believes family
to be thieves, a knight, ∴ suicide.

— fight to get them buried together.

NOTES ON THE TEXT

DER BLONDE ECKBERT

p. 1, l. 2. **In einer Gegend des Harzes.** The Harz mountains had for Tieck important personal associations. It was here that he experienced in 1792 a strange mystical ecstasy as he watched the sunrise. This marked the end of a long period of depression and remained in his memory years afterwards as a spiritual climax in his life. (*v.* R. Köpke, *op. cit.*, vol. i, pp. 142 ff.; also H. von Friesen, *Ludwig Tieck, Erinnerungen aus den Jahren* 1825–42, Wien, 1871, pp. 136 ff.)

p. 1, l. 4. **ohngefähr.** This is etymologically the correct form of the word, (MHG. *âne gevaerde*, fifteenth-century *ongevar, ongever*), but already in the fifteenth century a second form *ungevar, ungever* appears. The two forms exist side by side until in the course of the nineteenth century *ohngefähr* is gradually superseded by *ungefähr*. Tieck uses both forms. (*Cf.* p. 3, l. 15).

p. 2, ll. 27 f. **Nur haltet meine Erzählung für kein Mährchen.** This admonition is a characteristic trick of Romantic irony. It has the effect of breaking the illusion by reminding the reader that he is in fact reading a tale. *Cf.* p. 16, ll. 15 ff.

p. 2, ll. 42 f. **wie ich ihnen** [meinen Eltern] **helfen wollte.** The young Tieck was himself filled with a longing to be able to requite his parents' kindness. In a letter to Wackenroder he wrote: 'Vielleicht kann ich ihnen [den Eltern] einst wiederbezahlen, was ich ihnen schuldig bin, und es gehört zu meinen schönsten Träumen, ihnen ihr hilfloses Alter zu erleichtern'. (June 23 or 24 [1792], W. H. Wackenroder, *Werke und Briefe, ed. cit.*, vol. ii, p. 84.)

p. 4, ll. 5 ff. **das bloße Wort Gebirge ...** Bertha seems to be particularly susceptible to auditory impressions; she retains very clear memories of the various sounds which play such an important part in the magical forest world. (*v.* p. 4, ll. 32 f. and 36 ff.; p. 5, ll. 22 f. and 33 f.; p. 6, ll. 17 ff. and 30 ff.; p. 7, ll. 32 ff.; p. 11, ll. 23 ff.)

p. 4, ll. 21 ff. **Es waren Klippen ... durch einander werfen würde.** This reference to strange rock formations is perhaps based on Tieck's recollections of the *Lustgarten* at the village of Sanspareil (or Zwernitz), near Baireuth, which he visited in company with Wackenroder at Whitsuntide, 1793. Wackenroder's careful and detailed travel-record contains the following description of the place: 'Wie aber die Natur diesen kleinen Platz durch die interessantesten Felsengruppen zum Lustort gebildet hat, kann kaum jemand glauben, der nicht diese Art von Felsen selbst gesehen hat. Es erheben sich nicht nur grosse, bemooste Felsenmassen aus der Erde, zwischen den Bäumen, so dass sie durch Kunst ausgehauen und aufeinander gestellt scheinen; sondern sie bilden auch mehrere grosse und kleine Nischen, Grotten und Höhlen, indem der Felsen oben weit herüberhängt, und inwendig wie mit einem Meissel glatt und hohl ausgearbeitet ist; auch lehnen sich an einigen Stellen 2 grosse Felsenstücke oben aneinander, und lassen eine breite Spalte oder Kluft zum Durchgehen, zwischen sich. ... ich ward wirklich beim ersten Anblick dieser sonderbaren Felsenbildungen, in eine ganz fremde Welt gezaubert. (*Werke und Briefe*, ed. *cit.*, vol. ii, pp. 212 f.)

p. 5, ll. 2 ff. **Als ich aber oben stand ... überzogen.** According to Köpke (*op. cit.*, vol. i, p. 144), mist-shrouded peaks held a particular fascination for Tieck.

p. 5, ll. 24 ff. The sudden contrast between the wild desolate country of the *Fichtelgebirge* and the pleasant meadows and valleys of the lowland is emphasized by Wackenroder in his record of the *Pfingstreise*, 1793. (*Cf.* note to p. 4, ll. 21 ff.) He writes: 'Nun kommt man über Wiesen, und durch sehr schöne, romantische, arkadische Täler, deren Anblick unser Auge nach den rauhen Gegenden vom Fichtelberge und von Berneck, bei einer so schnellen Veränderung, sehr angenehm erquickte'. (*Werke und Briefe*, ed. *cit.*, vol. ii, p. 242.)

p. 5, ll. 33 ff. *Cf.* the delight of Egger Genebald's widow in *Ulrich mit dem Bühel*, when she hears a human voice in the forest silence. (J. K. A. Musäus, *Volksmärchen der Deutschen*, ed. *cit.*, Theil iv, p. 155).

p. 6, ll. 24 f. **ein grünes Thal voller Birken.** Perhaps Tieck felt that there was something particularly magical about birches; *cf.* the following passage from his tale *Das grüne Band* (1792): 'Die Birken am Abhang des Berges waren Wolken ähnlich, die in den ersten Strahl des Morgens getaucht aufwärts schweben; ihre weissen Stämme glichen Geistern, die ruhig durch die Wolkennacht den Berg erstiegen'. (*Schriften*, ed. *cit.*, vol. viii, pp. 304 f.).

p. 6, l. 33. **Waldeinsamkeit.** According to Köpke (*op. cit.*, vol. i, pp. 210 f.), Tieck's contemporaries objected to this newly-coined word. 'Als Tieck sein Märchen im Kreise der Freunde aus den Correcturbogen vorlas, erfuhr das Wort, welches im Mittelpunkte desselben stand, Waldeinsamkeit, eine scharfe Kritik. Wackenroder erklärte es für unerhört und undeutsch, wenigstens müsse es heissen Waldeseinsamkeit. Die Uebrigen stimmten bei. Umsonst suchte Tieck sein Wort, das er unbefangen gebraucht hatte, durch ähnliche Zusammensetzungen zu vertheidigen. Er musste endlich schweigen, ohne überzeugt zu sein, strich es aber nicht aus, und gewann ihm das Bürgerrecht in der Literatur'.

In 1841 Tieck published a *Novelle* entitled *Waldeinsamkeit* in which he quotes A. W. Schlegel as saying: 'So oft hört man, wie dieser und jener wünschte, wegen Geschäfte und Zeitmangel, nur das Beste, Allerbeste eines Dichters zu lesen und ihn in kürzester Zeit ganz kennen zu lernen; er wünscht gleichsam die Quintessenz seines ganzen Wesens, wie den Saft einer Zitrone, schnell und für immer sättigend zu geniessen. Genoveva und noch mehr der Lovell sind zu weitläufig, nicht weniger der Zerbino, Kater und verkehrte Welt mystisch und unverständlich, und selbst der blonde Eckbert füllt mehr als einen Bogen: aber die wahre Quintessenz Deiner Dichtung, Freund, die man jedem Verehrer als den Inhalt Deines Wesens zum Genuss und Verständniss reichen kann, sind diese Verse: Waldeinsamkeit die mich erfreut'. (*Schriften*, ed. *cit.*, vol. xxvi, p. 484).

p. 7, l. 1. **Waldhorn und Schallmeie.** To judge from Tieck's works, these are two of his favourite musical instruments; the *Waldhorn* especially recurs again and again, more particularly in *Franz Sternbalds Wanderungen* (1798). It also occurs frequently in the prose and poetry of Eichendorff.

p. 7, l. 9. **keichte.** The form *keichen* was gradually supplanted by *keuchen* in the late eighteenth and early nineteenth century. Adelung (*op. cit.*, vol. ii, 1535 f.) still places *keichen* first as the predominant form.

p. 7, ll. 16 f. **indem sie dazu wie vor Alter mit dem Kopfe schüttelte.**
Cf. the description of the old woman in Musäus's tale *Ulrich mit dem Bühel*:
'ein hässliches altes Weib, mit zitterndem Haupte'. (*Volksmärchen der
Deutschen, ed. cit.*, Theil iv, pp. 155 f.)

p. 8, ll. 27 ff. According to Köpke (*op. cit.*, vol. i, pp. 103 f.), Tieck
himself once suffered from a temporary loss of memory during which he
could not even remember which town he was in.

p. 10, ll. 8 ff. **es ist ein Unglück ... zu verlieren.** The idealization of
childhood as the age of perfect innocence, when human nature is least
sullied by earthly influences, is a favourite theme in Romantic literature and
recurs in several of Tieck's works. (*v.* for instance, *Schriften, ed. cit.*, vol. vi,
pp. 184 and 351; vol. xiv, p. 220; vol. xvi, pp. 41, 165, 205, 303; and the
essay *Über die Kinderfiguren auf den Raphaelschen Bildern*). But this does not
imply that childhood is necessarily a happy time; indeed, it is usually pictured
by Tieck as a time of gloomy fears and miseries. (*v.* for instance, *Schriften,
ed. cit.*, vol. xiv, pp. 133, 148, and Tieck's letter to Wackenroder, June 12,
1792, W. H. Wackenroder, *Werke und Briefe, ed. cit.*, p. 54).

p. 10, ll. 42 f. **es war ein seltsamer Kampf ... in mir.** It is interesting
to compare this account of the struggle within Bertha's soul and of her
subsequent unreasoned action with the rationalistic depiction of the similar
situation in Musäus's *Ulrich mit dem Bühel*. Here the heroine weighs up the
pros and cons in a most matter-of-fact way and the outcome is described in
the following words: 'Eigennutz und Bedenklichkeit erhoben einen un-
gleichen Wettstreit gegen einander, worinnen, wie gewöhnlich, der erste die
Oberhand behielt'. (*Volksmärchen der Deutschen, ed. cit.*, Theil iv, p. 163).

p. 11, ll. 35 f. **nur daß ich von der Alten träumte ...** Tieck, like other
Romantic writers, attributes particular significance to dreams and even
anticipates subsequent psychological conceptions of the dream as a revelation
of secret hopes and fears. (*v. Schriften, ed. cit.*, vol. ii, p. 173; vol. iv, pp.
419 f.; vol. xxvi, p. 36, and the essay *Shakespeares Behandlung des Wunderbaren.
Cf.* also R. Köpke, *op. cit.*, vol. ii, p 126 and A. Béguin, *L'âme romantique et
le rêve*, Paris, 1939).

p. 11, ll. 40 f. **im Walde glaubt' ich oft. ...** *Cf.* the parallel situation
in *Ulrich mit dem Bühel*. Musäus writes: 'Die sorgsame Emigrantin nahm
ihren Weg gerade nach dem Walddorfe zu, wohin die Alte zu gehen vorge-
geben hatte, und war alle Augenblicke einer Erscheinung von ihr gewärtig,
um das Huhn zurück zu fordern'. (*Volksmärchen der Deutschen, ed. cit.*,
Theil iv, p. 164).

p. 13, ll. 26 f. and 34 f. **hiermit ... ist meine Geschichte geendigt ... unsere
Verbindung hat uns bis jezt noch keinen Augenblick gereut.** The
finality of these two statements seems ironically to arouse the inimical power
to retaliate as to a challenge. The second statement also recalls the ominous
lines in the first variation of the song of the magic bird:

> O dich gereut
> Einst mit der Zeit.

p. 17, ll. 3 ff. Tieck uses a similar motif in a later *Novelle, Die Verlobung*. Here,
too, well-known faces suddenly seem to take on a strange and hostile
expression: '... als sie [Dorothea] nachher wie träumend zur Gesellschaft
zurück kehrte, erschienen ihr alle Gesichter wie hart und gespannt, ja, als
fremd, besonders aber die weiche, gesalbte Miene des Barons wie zum
Erschrecken verzerrt'. (*Schriften, ed. cit.*, vol. xvii, p. 126. *Cf.* also vol. xi,
p. 89). This was an experience that Tieck had himself been through. In a

letter to Wackenroder (June 12, 1792), he writes: '... ich schauderte so
heftig, dass ich dadurch in eine Art von Wut versetzt ward, denn sie [his
friends Spillner and Köhler] waren mir beide mit einem Male ganz fremd
(eine Empfindung, die sich bei mir leicht einstellt), und sahen wie wahnsinnig
aus'. (W. H. Wackenroder, *Werke und Briefe, ed. cit.*, vol. ii, p. 61). *Cf.* also
Köpke's statement, *op. cit.*, vol. i, p. 102: 'Freunde und Mitschüler erschienen
ihm plötzlich fremd und verwandelt'.

p. 17, l. 34. **ohne sich einen bestimmten Weg vorzusetzen.** The
traveller, who has no fixed destination, who does not even notice where his
path is leading, is a recurrent figure in the literature of the Romantic period.
(*v.* for instance, Tieck, *Schriften, ed. cit.*, vol. v, p. 42; vol. iv, p. 208. *Cf.* J. v.
Eichendorff, *Gesammelte Werke*, ed. H. Amelung, Berlin, [1925,] vol. iv,
pp. 201 and 230).

DIE GESCHICHTE VOM BRAVEN KASPERL UND DEM SCHÖNEN ANNERL

p. 22, ll. 6 f. **in die Hände der Räuber fallen.** *Cf.* the following lines
from Brentano's poem *Nun soll ich in die Fremde ziehen* written in 1818 on
his parting from Luise Hensel:

> Nun soll ich in die Fremde ziehen!
> Ich, der die Heimath nie gekannt,
> Soll meine erste Heimath fliehen,
> Soll fallen in der Räuber Hand.'

(Gesammelte Schriften, ed. cit., vol. i, pp. 492 f.)

p. 22, l. 22. **erfange.** Brentano seems to have coined this word, probably
on analogy with *erhaschen*. The prefix gives a sense of completion and finality.

p. 22, ll. 24 f. **so er züchtiglich lebt.** The use of *so* for *wenn* to introduce a
conditional clause was common in Early New High German (*v.* Luther's
translation of the Bible) but has gradually become rarer and rarer in New
High German; it was already obsolescent in Brentano's day and now survives
only in a few crystallized formulae such as: 'So Gott will.' (*Cf.* p. 45, l. 33).

p. 23, ll. 26 ff. **Wann der jüngste Tag wird werden....** R. Sprenger
traces the origin of this song to Brun von Schonebeck's German version of
a Latin poem on the signs of the Day of Judgment. (*v.* 'Zu Brentano's Geschichte vom braven Kasperl und dem schönen Annerl,' *Zeitschrift für den
deutschen Unterricht*, xvi, p. 253, Leipzig and Berlin, 1902). The following
lines show a particularly close resemblance to Brentano's song:

> Ir engel ir sult uf irstan
> Und hin zu gotis orteile gan.

Perhaps it also contains a reminiscence of the following lines from the folk-
song *Vorbote des Jüngsten Gerichts* in *Des Knaben Wunderhorn, ed. cit.*, pp. 781 ff.:

> Steht auf, ihr toten Leut',
> Zu dem Gerichte müsst ihr heut;
>
> .   .   .   .   .
>
> Daran müssen alle Menschen sterben,
> Die kommen sind aus dieser Erden,
> Dass sie von dem Tod auferstehen
> Und sämtlich vor den Richter gehen.

The usage of *wann* where modern parlance requires *wenn* is a survival from the older stage of the language when the two words were interchangeable; in the eighteenth century it was already comparatively rare in prose; in poetry it survived longer, and isolated examples can still be found well into the nineteenth century, usually in the meaning 'zu welcher Zeit auch immer', e.g. 'Wann Wald und Berge schlafen . . .' (Eichendorff); 'Wann der Frost gemach entflohen . . .' (Platen).

p. 23, l. 36. **erleuchten.** for *erleuchteten*, an elided past tense.

p. 24, l. 4. **keine Zöpfe mehr.** The *Zopf* as a style of hair-dressing for men was brought into fashion by Frederick William I of Prussia. It disappeared after the French Revolution.

p. 24, l. 7. **den Fähnrich.** This is the etymologically correct form of the word and the form that has survived in modern German. Elsewhere in the tale (e.g. p. 46, ll. 38 and 40; p. 47, l. 21; p. 50, l. 4) Brentano uses the form *Fähndrich* in which the *d* is excrescent. (*Cf.* Danish *fandrig* and Dutch *vaandrik*).

p. 24, l. 10. **eine Rose.** Throughout the tale the rose-motif is connected with love. (*Cf.* the song fragment in the succeeding paragraph). Here it may, perhaps, be taken to represent Grossinger's memory of Annerl, the girl he seduced and deserted—a memory that is recalled to him by the song of the Judgment Day which he has heard her sing. That he should unwittingly give the rose to Annerl's godmother is the first of the many strange coincidences in the tale.

p. 24, ll. 29 ff. **Munter, munter.** . . . These lines suggest the inevitable rise and fall of human fortunes. Brentano's tales contain many such jingles, which reveal his delight in playing with the sound of words. (*Cf.* the final section of *Des Knaben Wunderhorn*).

p. 24, l. 32. **stund.** This form (from Middle High German **stuont**) has been supplanted by the form *stand* which arose in the seventeenth century, probably under the influence of the past participle *gestanden*. The subjunctive *stünde* survived longer and is still found by the side of *stände*.

p. 25, ll. 15 f. **die vier Stündlein, die sie noch hat.** This enigmatic utterance is the first intimation that the time factor is of vital importance. (*v.* also notes to p. 27, ll. 10 f., and p. 29, l. 1.)

p. 25, l. 35. **Als er zum ersten Mal aus Frankreich zurück kam.** The reference to two successive campaigns in France within so short a space of time (*v.* also p. 30, l. 22) makes it clear that Brentano had in mind the German Wars of Liberation against Napoleon, which had come to an end in 1815, only two years before this story was written. Kasperl would have returned home after Napoleon's defeat and exile to Elba (May, 1814), only to be recalled to the colours when Napoleon escaped and returned to France to make a last bid for power.

p. 25, ll. 41 f. **Jeder hat sein Bündel zu tragen.** *Cf.* the following lines from a poem by Luise Hensel, *An mein Herz*:

> Ja, Vater! ich will still ergeben
> Mit meiner Bürde weiter gehn.

(Brentano, *Gesammelte Schriften, ed. cit.*, vol. viii, pp. 240f.).

This was one of the poems which Luise sent to Brentano at Christmas time, 1816 (*v. supra*, introduction, p. xxx), and which he enclosed in a letter to his brother Christian, December 3, 1817.)

p. 26, ll. 11 f. **fünf und zwanzig aufgezählt.** The noun object *Hiebe* or *Schläge* is to be supplied.

p. 26, ll. 38 f. **Gib Gott allein die Ehre.** *Cf.* 5. *Mose*, 32, 3: 'Gebt unserem Gott allein die Ehre' ('Ascribe ye greatness unto our God'); *Johannes*, 9, 24: 'Gib Gott die Ehre' ('Give God the praise'); and *Josua*, 7, 19: 'Gib dem Herrn, dem Gott Israels die Ehre' ('Give glory to the Lord God of Israel'). The fact that the word *honour* does not occur in the English Authorized Version of the Bible presents the translator with an insuperable problem. Since *Honour* is the key-word of the tale, it must be retained, but the Biblical reference, which so well fits the speaker's character, is inevitably lost.

In the recurrent motif: 'Gib Gott allein die Ehre', the word *Ehre* is used objectively in the biblical sense. Elsewhere in the tale, however, it is used subjectively to denote a personal attribute, which at best is an innate moral principle closely allied to conscience (e.g. p. 25, l. 33, and p. 44, l. 33)—the 'true honour' represented in the monument—but at worst degenerates into a thirst for honour in the eyes of other men, a vice bordering on vainglory, the 'false honour' of the monument (e.g. p. 32, ll. 10 and 25; and p. 43, l. 24. *Cf.* also the words *praise, greatness, glory* in the above biblical quotations; in the Vulgate the corresponding words are *gloria* and *magnificentia*). Even 'true honour', however, if exaggerated or held too rigidly, may become a menace (e.g. p. 45, l. 25). It is clear that the word *Ehre*, as used by Brentano in the tale of Kasperl and Annerl, embraces a wide range of meanings. It is, however, not the exact shade of meaning implied by each repetition of the word that is importan'—indeed, as we read the story we are, perhaps, hardly aware of the complexity of implications—but rather the auditory effect of the repetition itself.

p. 27, l. 4. **die Aussteuer hab ich auch schon beisammen.** The old woman is thinking of the garland, rose, and bible, which she finally places on Annerl's corpse.

p. 27, ll. 10 f. **Nun habe ich noch zwei Stunden.** There are still three hours to the time appointed for the execution, but the grandmother intends to spend the last hour (i.e. 3 to 4 a.m.) with her godchild. (*Cf.* notes to p. 25, ll. 15 f., and p. 29, ll. 1 f.).

p. 27, l. 16. **ein Gestudirter.** A somewhat unusual word in the literary language even in Brentano's day; in colloquial parlance it has, however, survived in Southern Germany down to the present time.

p. 27, ll. 26 f. **Wo haben Sie Ihre Philosophie gemacht?** In both printed versions of the text the personal pronoun and possessive adjective are written with small letters instead of capitals.

p. 27, l. 40. **Parnaß.** Traditionally the seat of Apollo and the Muses, and hence used to denote the realm of poetry in general; *v.* for instance, literary titles such as *Neuer teutscher Parnass* (J. Rist, 1652), *Gradus ad Parnassum* (attributed to Paul Aler, 1702) and *Deutscher Parnass* (Goethe, 1812).

p. 27, ll. 40 ff. **es ist auch wirklich ein verdächtiges Ding um einen Dichter von Profession. . . .** Brentano was himself tormented at times by a sense of his own abnormality and isolation as a professional poet. (*v.* for instance, letters to Savigny in July, 1801, *Das unsterbliche Leben*, W. Schellberg and F. Fuchs, Jena, 1939; pp. 203, 213, 216 f.; also letter to J. Reichenbach, [November, 1800,] *ibid.*, p. 163). It is interesting to compare the somewhat similar situation in Thomas Mann's tale, *Tonio Kröger*. Like the fictional narrator in Brentano's tale, the writer, Tonio, experiences some embarrassment when he has to state his profession to an ordinary person, in this case a policeman. In general, Thomas Mann's conception of the abnormality of the creative artist has much in common with Brentano's view.

p. 28, l. 12. **in der Tinte sein.** This phrase has a double meaning: either to live by one's pen or to be in a fix, up a tree. Brentano took a whimsical delight in verbal quibbles and in some of his works (notably the play *Ponce de Leon*) he used them to excess. This is one of the comparatively few examples in this tale.

p. 28, l. 18. **es hat einen goldnen Boden.** The saying 'Eyn handtwerk hatt eynen gulden boden' is listed as early as 1534 by J. Agricola in his *Sybenhundert und fünfftzig Teutsche Sprichwörter* (No. 406). He adds the following comment: 'Als gemeyn dise wort ist / also war ist es / Denn wer eyn gemeyn handtwerk kan und treibets mit fleiss / den neret es / es sey so gering als es wolle'. It has remained current down to the present day.

p. 28, l. 22. **ein Lehnerich.** This is the only instance quoted by Grimm; the entry continues: 'das Wort scheint der Frankfurter Mundart entlehnt'. The word also occurs in Brentano's *Geschichte vom ersten Bärenhäuter*, where one of the fictional characters defines it as follows: 'eine Art guter fauler Leutlein, die sich im Sonnenscheine so an die Kirche oder das Rathhaus anlehnen, und ein fest Vertrauen auf die Mauer haben'. (*Gesammelte Schriften, ed. cit.*, vol. v, p. 461).

p. 29, l. 1. **Noch eine Stunde.** The grandmother clearly intends to allow about an hour to walk from the ducal residence to the prison. (*Cf.* p. 37, l. 28; also notes to p. 25, ll. 15 f.; p. 27, ll. 10 f.).

p. 29, ll. 16 ff. **und ein solch' Kameel . . . Himmelreich.** *Cf.* Matt. xix. 24.

p. 29, l. 28. **auf die Anatomie bringen.** (*v.* also p. 39, ll. 7 ff.). The supply of human bodies for anatomical dissection was regulated by laws such as the one mentioned by the old grandmother (p. 39, ll. 13 ff.).

p. 29, ll. 41 f. **ihres glatten Spiegels wegen:** because of her pretty face. The substitution of *Spiegel* for *Gesicht* is only possible with reference to a pretty youthful face. Grimm quotes this instance and several others, among them: 'ja solte gleich die Zeit den spiegel dir verderben . . .' (B. Neukirch bei Hofmannswaldau) and

> Ein Blüthenfeld beneidenswerther Jahre
> Sah lachend mich aus diesem Spiegel an. (Schiller.)

p. 30, l. 32. **Der Uhlane stand wieder in Frankreich.** *v.* note to p. 25, l. 35.

p. 30, l. 25. **Blessur.** This term for a wound received in battle has been almost entirely superseded by the more general term *Verwundung.* Brentano had no objection to words of Romance derivation (*cf.* p. 30, l. 37, *Remonte*); indeed, in his *Märchen vom Murmelthier* he included a witty but very unfairytale-like satire on the unreasonable demands of the purists.

p. 31, l. 29. **daß sein Pferd gedrückt sei** for *wund gedrückt*—galled.

p. 31, ll. 34. f. **eine Mühle.** The mill, and perhaps especially the sound of mill (*v.* p. 32, l. 21), is a favourite motif in Romantic literature. It occurs, for instance, in Brentano's *Rheinmärchen*, in Eichendorff's novel *Ahnung und Gegenwart*, his tale *Aus dem Leben eines Taugenichts*, and his poem *Das zerbrochene Ringlein*, and also in several poems by W. Müller (set to music by Schubert in his song-cycle *Die schöne Müllerin*). *v.* also *Der blonde Eckbert*, p. 5, l. 22.

p. 32, ll. 28 ff. **Es war ihm mehrmals. . . .** Brentano, like other Romantic writers, was much interested in the relationship of dream and reality and in the border-line region between the two. Kasperl's dream is a mixture of the past and the future, of things that were weighing on his mind when he fell asleep and things that are to be fulfilled in the course of the tale. (*Cf. Der blonde Eckbert*, note to p. 11, ll. 35 f.).

p. 37, ll. 3 f. **die er [Gott] am härtesten schlägt, sind seine liebsten Kinder.** *Cf. Hebräer*, 12, 6: 'Denn welchen der Herr liebhat, den züchtigt er'; and *Offenbarung*, 3, 19: 'Welche ich liebhabe, die strafe und züchtige ich'. *Cf.* also the following lines from the poem *An mein Herz* by Luise Hensel:

> So sei, mein Herz, o sei zufrieden,
> Mit allem, was der Herr dir gibt,
> Und denke, von der Welt geschieden,
> Gott prüfet dich, weil er dich liebt.

(Brentano, *Gesammelte Schriften, ed. cit.*, vol. viii, p. 240. *v. supra*, note to p. 25, ll. 41 f.)

p. 38, ll. 1 f. **ich las folgende letzte Worte des unglücklichen Kaspers.** The letter or written message found after the death of the writer is a familiar literary device. It is, for instance, used to great effect by Goethe in *Die Leiden des jungen Werthers*. (*v.* also p. 51, ll. 18 ff.).

p. 38, l. 40. **Adies.** According to Grimm's dictionary, this form with accented *e* was used in common speech in the Rhineland instead of *Ade* or *Adieu*.

p. 39, ll. 20 ff. **Das ist ein wunderlich Gesetz** etc. This paragraph presents an instance of the Romanticists' whimsical delight in the possibility of an unending sequence. So Ludwig Wandel in Tieck's tale *Die Freunde* muses on the possibility of a dream within a dream and so on to infinity: 'Wie wunderlich! sagte er zu sich selber, dass ich jetzt vielleicht nur schlafe und es mir dann träumen kann, ich schliefe zum zweitenmale ein, und hätte einen Traum im Traume, bis er so in die Unendlichkeit fortginge'. (*Schriften, ed. cit.*, vol. xiv, p. 154). Another instance is Tieck's comedy *Die verkehrte Welt*, in which he represents a play within a play, which in its turn is enclosed within another play, and the implication is that this sequence might be prolonged indefinitely. *Cf.* also Brentano's phrase: 'Kritik der Kritik der Kritik'. (Letter to Savigny [December 15, 1802], *Das unsterbliche Leben, ed. cit.*, p. 278).

p. 40, l. 7. **wenn Gott sich meiner nicht erbarmt gehabt hätte.** The addition of *gehabt* (or *gewesen*) to the ordinary pluperfect tenses is often heard in dialects of South Germany and so would be familiar to Brentano. This is probably the explanation of its use here. The construction is also found in standard German to express a state or condition of things in contrast to the ordinary pluperfect which expresses an action. Curme also notes the tendency to use this pluperfect tense form instead of the regular one even when the reference is clearly to an act and not to a state or condition. (*v.* G. O. Curme, *Grammar of the German Language*, New York, 1922, p. 283).

p. 40, ll. 12 f. **das ist betrübt.** (*Cf.* p. 43, ll. 10 f. **alle die betrübten Zeichen**). *Betrübt* is here used in the unusual sense of *Betrübnis erweckend* whereas the usual meaning is *Betrübnis empfindend* or *verratend.* Other instances are quoted in Grimm's dictionary, among them: 'eine betrübte Entschliessung' (Kant) and 'Mit dem Nutritionsgeschäfte der Seele sieht es sehr betrübt aus' (Lichtenberg).

p. 40, l. 26. **Anne Margareth.** This is the first and, indeed, the only mention of the grandmother's name.

p. 41, ll. 11 f. **das Schwerdt hat vor ihm gewankt. . . .** *Cf.* the reference to this superstition in Jean Paul's novel *Quintus Fixlein* (1796): 'Das Kometen-schwert schwankte hin und her, wie ein Richtschwert sich selber bewegt, zum Zeichen, dass es richten werde' (*Werke*, Berlin, 1826–28, vol. iv, p. 34).

p. 41, l. 37. **eine Semmel.** As an alternative to *Brötchen* the word *Semmel* is current throughout Germany except in parts of the West and South-west (*v.* P. Kretschmer, *Wortgeographie der hochdeutschen Umgangssprache*, Göttingen, 1918).

p. 42, l. 17. **bei meinem Rechte zugegen sein.** This seems to be a revival of the old usage of *Recht* in the sense of *Vollstreckung eines Todesurteils*. (*v.* Lexer, *Mittelhochdeutsches Worterbuch*, vol. ii, p. 378).

p. 42, ll. 29 f. **wie er das Stäblein brach.** Adelung (*op. cit.*, vol. iv, 262) gives the following explanation of the phrase *den Stab brechen*: 'Als ein Merk-mahl der richterlichen Gewalt ist er [der Stab] noch in den Criminal-Gerichten üblich, wo zum Zeichen des unabänderlich gesprochenen Todes-urtheiles noch der Stab über einen solchen Delinquenten gebrochen wird. Daher bezeichnete man ehedem die höhern Gerichte mit dem Nahmen des Stabes oder der Stabgerichte'.

p. 43, ll. 10 f. **alle die betrübten Zeichen.** *v.* note to p. 40, ll. 12 f.

p. 44, ll. 13 f. **ich muß meine Strafe leiden, daß ich zu meinem Kinde komme.** This forms a strikingly close parallel to line 8 of the folk-song source: *Weltlich Gericht*: 'Ich will ja gern sterben, dass ich komm' zu meinem Kind'.

p. 44, ll. 32 ff. **Die Gnade sprach von Liebe....** This song brings together several of the keywords of the tale: *Gnade, Schleier, Liebe, Rose*, and *Ehre*. Its significance lies in the evocative power of these words and in their repetition rather than in the meaning content, which is slight and enigmatic. The gist seems to be that a vigilant sense of honour has enabled Grossinger's sister to resist the advances of the Duke. In his famous couplet:

> O Stern und Blume, Geist und Kleid,
> Lieb', Leid und Zeit und Ewigkeit!

Brentano makes a similar use of words mainly for their evocative force. The couplet is followed by the comment: 'In meinem Schlafgemache hörte ich immer jene Worte noch um mich tönen. Ich verstand sie durch und durch, und konnte sie doch nicht erklären. Ich verstand ihr Wesen, und hatte keine Worte für sie, als sie selbst'. (*Gesammelte Schriften, ed. cit.*, vol. iv, pp. 79 f.).

The conception of *Gnade*, as the divine mercy for which sinful man passion-ately longs, plays an important part in Brentano's religious poetry and in the *Romanzen vom Rosenkranz*. *v.* for instance, *Gesammelte Schriften, ed. cit.*, vol. i, pp. 248, 263, 275, 282, 285 f., 320, 326, etc.; and perhaps especially the following passage from the *Romanzen* which combines some of the same motifs as the song in question:

> Und der Engel Legionen
> Sangen: Gnade, Gnade, Gnade!
> Tausend Kränze heil' ger Rosen
> Sah ich zum Altare fallen.
>
> Und den Schleier einer Nonne
> Sah ich nehmen Rosablanken.

> (*Gesammelte Schriften, ed. cit.*, vol. iii, p. 281).

In the story of Annerl this religious conception of *Gnade* lies behind the more obvious meaning of the word, namely, mercy meted out by the temporal power. (For the usage of the word *Ehre v. supra*, note to p. 26, ll. 38 f.)

p. 45, l. 2. **einen weißen Schleier.** The white veil, the traditional symbol of purity and virginity, is here linked with the conception of *Gnade*. It is interesting to note that Brentano also connected the white veil with Luise Hensel. In a letter to her in January, 1817, he writes: 'Ich rechnete auf Deinen weissen Schleier, der konnte meinen Augen nicht entgehen' (*Gesammelte Schriften, ed. cit.*, vol. viii, pp. 225 f.).

p. 45, ll. 34 ff. **'Sie kennen keine Verhältnisse'. 'O, ich kenne Verhältnisse, schreckliche Verhältnisse!'** The word *Verhältnisse* is here used first in the meaning of *proportions* (perhaps best translated 'sense of proportion') and then in the more usual sense: *conditions, circumstances*. The pun is inevitably lost in translation.

p. 46, l. 3. **thörig.** This form, now obsolete, still survived in Brentano's day side by side with the more usual (and the etymologically correct form) *thöricht*. Goethe, for instance, uses both forms, e.g. in the *Urfaust* (ll. 238 and 610) he uses *thörig*, but in the final form of *Faust* (ll. 591 and 2758) he replaces it by *thöricht. Thörig* also occurs in the poem *Schlechter Trost* in the *Westöstlicher Divan.*

p. 47, l. 27. **Er war ganz verwandelt.** Only later is it revealed that this change in Grossinger is brought about by the sight of the veil, which he recognizes as belonging to his sister.

p. 47, l. 35. **Mein Pferd scheute. . . .** Literary parallels that come to mind are the shying of Weislingen's horse in Goethe's play *Götz von Berlichingen*, the stumbling of Hastings' horse in Shakespeare's *King Richard III* and of Graf Egmont's horse in Goethe's *Egmont*. In each case the event is taken to be an evil omen.

SELECT BIBLIOGRAPHY

LUDWIG TIECK: WORKS AND LETTERS

Schriften, ed. G. Reimer, Berlin, 1828–54.
Sämmtliche Werke, ed. C. A. Nicolai, Berlin and Leipzig, 1799.
Der blonde Eckbert in *Vorbereitung*, ed. P. Kluckhohn (*Deutsche Literatur in Entwicklungsreihen, Reihe Romantik*, vol. ii, Leipzig, 1937).
Kritische Schriften, Leipzig, 1848, 1852.
Nachgelassene Schriften, ed. R. Köpke, Leipzig, 1855.
Letters of Ludwig Tieck, 1792–1853, ed. E. H. Zeydel, P. Matenko, R. H. Fife, N. York and London, 1937.
Tieck und die Brüder Schlegel, ed. H. Lüdeke, Frankfurt a/Main, 1930.
Contributions to *Herzensergiessungen eines kunstliebenden Klosterbruders* and *Phantasien über die Kunst*, and letters to Wackenroder in W. H. Wackenroder, *Werke und Briefe*, ed. F. von der Leyen, Jena, 1910.

CRITICAL SOURCES

Friesen, H. von, *Ludwig Tieck, Erinnerungen aus den Jahren* 1825–42, Wien, 1871.
Jost, W., *Von Ludwig Tieck zu E. T. A. Hoffmann*, Frankfurt a/M., 1921. (*Deutsche Forschungen* 4.)
Köpke, R., *Ludwig Tieck. Erinnerungen aus dem Leben des Dichters*, Leipzig, 1855.
Minder, R., *Ludwig Tieck*, Paris, 1936. (*Publications de la Faculté des Lettres de l'Université de Strasbourg*, 72.)
Petrich, H., *Drei Kapitel vom romantischen Stil*, Leipzig, 1878.

CLEMENS BRENTANO: WORKS AND LETTERS

Gesammelte Schriften, Frankfurt a/M., vols. i–vii ed. Christian Brentano, 1852; vols. viii–ix under the sub-title *Gesammelte Briefe von Clemens Brentano* 1795–1842, 1855.
Sämtliche Werke, ed. C. Schüddekopf, Munich and Leipzig, 1909–17.
Geschichte vom braven Kasperl und dem schönen Annerl in *Gaben der Milde*, vol. ii, ed. F. W. Gubitz, Berlin, 1817.
Geschichte vom braven Kasperl und dem schönen Annerl in *Auf dem Wege zum Realismus*, ed. A. Müller, Leipzig, 1947. (*Deutsche Literatur in Entwicklungsreihen: Reihe Romantik*, vol. xix).
Valeria oder Vaterlist, Die Bühnenbearbeitung des *Ponce de Leon*, ed. R. Steig, Berlin, 1901. (*Deutsche Literaturdenkmale des* 18. *und* 19. *Jahrhunderts*, Neue Folge, 55–57).
Des Knaben Wunderhorn, Achim v. Arnim and Clemens Brentano, ed. E. Grisebach, Leipzig [1906].
Briefwechsel zwischen Clemens Brentano und Sophie Mereau, ed. H. Amelung, Leipzig, 1908.
Clemens Brentanos Frühlingskranz aus Jugendbriefen ihm geflochten, Bettina von Arnim, Berlin, 1891.
Das unsterbliche Leben, ed. W. Schellberg and F. Fuchs, Jena, 1939.

CRITICAL SOURCES

Diel, J. B., *Clemens Brentano. Ein Lebensbild*, ed. W. Kreiten, Freiburg i/B., 1877.

Guignard, R., *Un poète romantique a.lemand. Clemens Brentano*, Paris, 1933.

Heinrich, J. B., *Clemens Brentano*, Bonn, 1878.

Pfeiffer-Belli, W., *Clemens Brentano*, Freiburg i/B., 1947.

Roethe, G., *Brentano's 'Ponce de Leon,'* Göttingen, 1901. (*Königliche Gesellschaft der Wissenschaften*, Abhandlungen, philologisch-historische Klasse, Neue Folge, v, 1.)

Sprenger, R., 'Zu Brentanos Geschichte vom braven Kasperl und dem schönen Annerl' (*Zeitschrift für den deutschen Unterricht*, xvi, Leipzig and Berlin, 1902).

Walheim, A., 'Das Traumhafte in Brentanos Geschichte vom braven Kasperl und dem schönen Annerl' (*Zeitschrift für die österreichischen Gymnasien*, lxiv, Vienna, 1913.)

'Die Schürze der schönen Annerl' (*Zeitschrift für den deutschen Unterricht*, xxvii, Leipzig and Berlin, 1913).

'Maister Frantz . . . Eine unbekannte Quelle von Brentanos 'Geschichte vom braven Kasperl und dem schönen Annerl' (*Zeitschrift für den deutschen Unterricht*, xxviii, Leipzig and Berlin, 1914).

APPENDIX A

A comparison of the two versions of *Der blonde Eckbert*

<table>
<tr><td>VERSION A</td><td>VERSION B</td></tr>
<tr><td>The original version as it appeared in Volksmärchen von Peter Leberecht. Pagination from Tieck: Sämmtliche Werke, ed. C. A. Nicolai, Berlin and Leipzig, 1799, vol. vi, pp. 191–242.</td><td>The text as revised for inclusion in Phantasus. (Pagination from the present edition.)</td></tr>
</table>

VERSION A	VERSION B
p. 193, l. 9. man sah ihn nur selten.	p. 1, l. 8. auch sah man ihn nur selten.
p. 194, ll. 5 f. wenn es auch geschahe, so wurde ihrentwegen ...	ll. 13 f. wenn es auch geschah, so wurde ihretwegen. ...
ll. 15 ff. an dem sich Eckbert sehr gehängt hatte, weil er an ihm ohngefähr dieselbe Art zu denken fand, die er selbst hatte. Er wohnte ...	ll. 21 ff. dem sich Eckbert angeschlossen hatte, weil er an diesem ohngefähr dieselbe Art zu denken fand, der auch er am meisten zugethan war. Dieser wohnte. ...
p. 195, l. 7. eine genauere Freundschaft.	l. 30. eine innigere Freundschaft.
ll. 10 f. was er ... versteckt hat.	ll. 32 f. was er ... verborgen hat.
p. 196, ll. 5 f. die Nacht sah finster zu den Fenstern hinein.	p. 2, l. 7. die Nacht sah schwarz zu den Fenstern herein.
ll. 10 ff. die halbe Nacht ... zuzubringen, und dann noch in einem Gemache ... zu schlafen.	ll. 10 ff. die halbe Nacht ... hinzubringen, und dann in einem Gemache ... zu schlafen.
ll. 16 f. das Gespräch der Freunde ward immer heitrer.	l. 15. das Gespräch der Freunde heitrer.
l. 20. und sagte zu ihm:	l. 19. und sagte:
p. 197, ll. 8 f. Ihr müßt mir verzeihn', fing Bertha an, 'aber mein Mann sagt, ... daß es unrecht ist, ...	ll. 24 ff. 'Ihr müßt mich nicht für zudringlich halten', fing Bertha an, 'mein Mann sagt, ... daß es unrecht sei, ...
ll. 11 f. Nur müßt Ihr meine Erzählung für kein Mährchen halten.	ll. 27 f. Nur haltet meine Erzählung für kein Mährchen.
p. 198, l. 10. außerordentlich gut.	l. 41. sehr gut.
ll. 15 f. mich ... laben wollte.	p. 3, ll. 2 f. mich ... laben möchte.
ll. 19 ff. die sich nachher in Edelsteine verwandelten, kurz, die wunderbarsten Phantasien beschäftigten mich dann, ...	ll. 5 f. die sich in Edelsteine verwandelten, kurz, die wunderbarsten Phantasien beschäftigten mich, ...
p. 199, l. 9. sehr grausam.	l. 13. ziemlich grausam.
l. 20. und fügte hinzu, daß ...	l. 21. indem er sagte, daß. ...

p. 200, ll. 11 ff. warum ich einfältiger war, als die übrigen
Kinder von meiner Bekanntschaft.

ll. 19 f. in den der Tag fast noch
gar nicht hineinschien.

p. 201, ll. 3 f. und durch meine
Flucht noch grausamer gegen
mich werden.

l. 8. auf dem ein dichter Nebel lag.

ll. 12 f. und ich fing an, mich . . .

ll. 17 ff. hatte meinem kindischen
Ohre äußerst fürchterlich ge-
klungen. Ich hatte nicht das
Herz, zurückzugehn, sondern
eben meine Angst. . . .

p. 202, ll. 7 ff. . . . in Ohnmacht gesunken. Ihr vergebt mir meine
Weitschweifigkeit; so oft ich
von dieser Geschichte spreche,
werde ich wider Willen geschwätzig, und Eckbert, der
einzige Mensch, dem ich sie
erzählt habe, hat mich durch
seine Aufmerksamkeit ver-
wöhnt.

l. 16. wenn ich gefragt ward.

p. 203, ll. 2 ff. Es waren Klippen die
auf einander gepackt waren,
und das Ansehn hatten, als
wenn. . . .

p. 204, l. 1. die Nacht hindurch
hörte ich. . . .

l. 5. ich betete und schlief. . . .

ll. 13 ff. . . . war alles so, wie um
mich her, so weit nur mein
Auge reichte, alles war mit
einem trüben Dufte über-
zogen. . . .

ll. 17 f. kein Gebüsch selbst
konnte mein Auge entdecken.

ll. 19 f. in einigen Felsenritzen.
(Probably a misprint?)

p. 205, ll. 3 ff. wäre es auch der
fremdeste, hätte ich mich auch
vor ihm fürchten müssen.
Zugleich empfand ich. . . .

ll. 9 f. unter abgebrochenen Aus-
rufungen. . . .

p. 3, ll. 30 f. warum ich einfältiger
sei, als die übrigen Kinder
meiner Bekanntschaft.

l. 35. in den der Tag kaum noch
hinein blickte.

ll. 38 f. und, durch meine Flucht
gereizt, mich noch grausamer
behandeln.

l. 42. welches ein dichter Nebel
bedeckte.

p. 4, ll. 3 f. worüber ich anfing,
mich. . . .

ll. 6 ff. war meinem kindischen
Ohr ein fürchterlicher Ton
gewesen. Ich hatte nicht das
Herz zurück zu gehn, meine
Angst. . . .

ll. 13 f. . . . in Ohnmacht gesunken.

l. 17. wenn ich gefragt wurde.

ll. 21 f. Es waren Klippen, so auf
einander gepackt, daß es das
Ansehn hatte, als wenn. . . .

l. 36. in der Nacht hörte ich. . . .

ll. 38 f. Ich betete, und ich
schlief. . . .

p. 5, ll. 2 ff. . . . war alles, so weit
nur mein Auge reichte, eben so,
wie um mich her, alles war mit
einem neblichten Dufte überzogen. . . .

ll. 5 f. selbst kein Gebüsch konnte
mein Auge erspähn.

l. 7. in engen Felsenritzen.

ll. 9 ff. wäre es auch, daß ich
mich vor ihm hätte fürchten
müssen. Zugleich fühlte ich. . . .

ll. 14 f. unter abgebrochenen
Seufzern.

p. 205, l. 11. war ich mich meiner kaum noch bewußt.

p. 206, l. 2. die Gränze.

ll. 3 f. Wälder und Wiesen ... lagen wieder vor mir.

ll. 6 f. die Einsamkeit, meine Hülflosigkeit schien mir. . . .

ll. 12 f. aus dem Flusse, als mir plötzlich war, als hörte ich. . . .

ll. 18 f. fast ganz schwarz gekleidet, eine schwarze Kappe. . . .

p. 207, l. 4. sie ließ mich ... niedersetzen.

ll. 11 f. Mit ihrem Krükkenstock.

ll. 13 f. verzog sie ihr Gesicht, worüber ich im Anfange lachen muste.

p. 208, ll. 7 ff. Paradies, und die Abendglocken der Dörfer tönten seltsam wehmüthig über die Flur hin.

ll. 17 f. in ein kleines Thal voller Birken, mitten in den Bäumen lag eine kleine Hütte.

p. 209, ll. 2 f. und kehrte dann mit freundlichen Gebehrden. . . .

ll. 16 f. als wenn Waldhorn und Schallmeye durcheinander spielen.

p. 210, ll. 3 f. in einem kleinen glänzenden Käfig.

p. 210, l. 10. mit seinen gewöhnlichen Worten.

ll. 14 f. in einer ewigen verzerrten Bewegung.

ll. 16 ff. so daß man gar nicht wissen konnte, wie ihr eigentliches Aussehn war.

p. 211, ll. 2 f. hieß mir einen von den geflochtnen Rohrstühlen zu nehmen.

ll. 9 f. um sie nicht boshaft zu machen.

12 ff. dann wies sie mir in einer ganz kleinen Kammer ein Bette an. . . . Ich wachte nicht lange, . . . in der Nacht wacht' ich einigemal auf.

p. 5, ll. 15 f. war ich mir meiner kaum noch bewußt.

l. 25. die Gränzen.

ll. 25 ff. ich sah Wälder und Wiesen ... wieder vor mir liegen.

ll. 28 f. die Einsamkeit und meine Hülflosigkeit schienen mir. . . .

ll. 32 f. aus dem Bache, als mir plötzlich war, als höre ich. . . .

l. 37. fast ganz schwarz gekleidet und eine schwarze Kappe. . . .

ll. 40 f. sie ließ mich ... niedersitzen.

p. 6, l. 5. Mit ihrem Krückenstocke.

ll. 6 f. verzog sie ihr Gesicht so, daß ich im Anfange darüber lachen mußte.

ll. 17 ff. Paradies, und das Rieseln der Quellen und von Zeit zu Zeit das Flüstern der Bäume tönte durch die heitre Stille wie in wehmüthiger Freude.

ll. 24 ff. in ein grünes Thal voller Birken hinein, und unten mitten in den Bäumen lag eine kleine Hütte.

l. 29. und kehrte mit freundlichen Geberden. . . .

ll. 40 ff. als wenn Waldhorn und Schallmeie ganz in der Ferne durch einander spielen.

p. 7, ll. 7 f. in einem glänzenden Käfig.

l. 12. mit seinem gewöhnlichen Liede.

ll. 15 f. in einer ewigen Bewegung.

ll. 17 f. so daß ich durchaus nicht wissen konnte, wie ihr eigentliches Aussehn beschaffen war.

ll. 21 f. hieß mir einen von den geflochtenen Rohrstühlen nehmen.

l. 27. um sie nicht zu erboßen.

ll. 28 ff. dann wies sie mir in einer niedrigen und engen Kammer ein Bett an . . . Ich blieb nicht lange munter, . . . in der Nacht wachte ich einigemal auf.

p. 212, l. 1. die dicht vor dem Fenster rauschten.

ll. 8 ff. ich muste nemlich spinnen, und ich lernte es nun auch bald.

ll. 11 f. Ich lernte mich bald in die Wirthschaft finden.

ll. 16 f. daß die Wohnung etwas abentheuerlich liege.

p. 213, ll. 1 f. das schönste Hellblau und das brennendste Roth wechselte an ihm.

ll. 11 f. ich begriff es bald.

p. 214, ll. 8 f. ich mochte überhaupt ohngefähr zwölf Jahr alt sehn. (*sehn* is perhaps a misprint.)

ll. 15 f. mich aber nie darum genau bekümmert.

ll. 18 f. in die fremdartigen Gefäße wohl zu verwahren.

p. 215, ll. 4 f. Sturmwinds.

p. 215, ll. 10 f. wenn er so ungesehn. . . .

ll. 17 f. wenn von launigen Menschen die Rede war.

ll. 19 f. prächtige Frauenzimmer.

p. 216, l. 13. wir sind jezt alle. . . .

l. 16. denn dann war ich. . .

p. 217, ll. 3 f. lobte sie immer meine Aufmerksamkeit.

ll. 6 f. über meinen Wachsthum.

ll. 17 f. denn ich war in allen meinen Bewegungen sehr lebhaft.

p. 219, ll. 4 ff. ich verlohr mich so darinn, daß ich mich schon geputzt sah. . . . Wenn ich mich dann so verlohren hatte . . . wenn ich wieder aufsah, und mich in der kleinen engen Wohnung antraf. Wenn ich meine Geschäfte that, bekümmerte sich die Alte nicht weiter um mich.

p. 220, l. 16. In dem einen Augenblick.

p. 221, ll. 2 f. der Hund sprang mich unaufhörlich freundlich an.

p. 7, ll. 35 f. die vor dem Fenster rauschten.

ll. 41 f. Ich mußte spinnen, und ich begriff es auch bald.

p. 8, ll. 1 f. Ich lernte mich schnell in die Wirthschaft finden.

ll. 4 ff. daß die Wohnung abentheuerlich und von allen Menschen entfernt liege.

ll. 8 ff. das schönste Hellblau und das brennendste Roth wechselten an seinem Halse und Leibe.

l. 18. ich fand mich leicht in die Kunst.

ll. 30 f. ich mochte ohngefähr zwölf Jahr alt sein.

ll. 35 f. mich aber nie genauer darum bekümmert.

l. 38. in den fremdartigen Gefäßen wohl zu verwahren.

p. 9, l. 1. Sturmwindes.

l. 5. wenn er so ungestört. . . .

l. 10. wenn von lustigen Leuten die Rede war.

ll. 11 f. prächtige Damen.

l. 22. wir sind jezt freilich alle. . . .

ll. 24 f. denn alsdann war ich. . . .

ll. 30 f. lobte sie meine Aufmerksamkeit.

ll. 32 f. über mein Wachsthum.

ll. 40 f. denn ich war in allen meinen Bewegungen und meinem ganzen Wesen sehr lebhaft.

p. 10, ll. 19 ff. ich verlor mich so in ihm, daß ich mich schon herrlich geschmückt sah. . . . Wenn ich mich so vergessen hatte . . . wenn ich wieder aufschaute, und mich in der kleinen Wohnung antraf. Uebrigens, wenn ich meine Geschäfte that, bekümmerte sich die Alte nicht weiter um mein Wesen.

p. 11, l. 2. In einem Augenblicke.

l. 7. der Hund sprang mich unaufhörlich an.

p. 221, ll. 7 f. ich nahm also den kleinen Hund.

p. 222, l. 2. sondern ging. . . .
ll. 6 f. mußte es ihm unbequem seyn.

p. 223, ll. 15 f. ich wünschte mich wieder in derselben Lage zu seyn.

p. 224, ll. 4 f. vor Freude.
ll. 8 ff. andre . . . waren jezt in einem baufälligen Zustande, ich traf auf Brandstellen. (Possibly a misprint?)

p. 224, ll. 17 f. nur gestern erst angelehnt.

p. 226, l. 8. O Dir gereut . . . (This is almost certainly a misprint since elsewhere *reuen* is used with the accusative case).

p. 227, ll. 16 f. ihre Jugend, ihre Unschuld, ihre Schönheit.
l. 20. ich liebte sie ganz unbeschreiblich.

p. 228, l. 6. Aber über mein Schwatzen. . . .
l. 14. den kleinen Strohmi.

p. 230, l. 17. der Arzt schüttelte den Kopf.

p. 231, ll. 6 ff. so eine unbedeutende Kleinigkeit es auch scheinen mag. Du wirst Dich erinnern, daß ich mich immer nicht, so oft ich von meiner Geschichte sprach. . . .
ll. 11 f. mit dem ich so lange umging. An jenem Abende sagte Walther. . . .
ll. 15 f. wie Ihr den kleinen Strohmi füttertet. . . . Hat er den Nahmen errathen, oder hat er ihn mit Vorsatz genannt?

ll. 19 ff. Zuweilen ist es mir eingefallen, ich bilde mir diesen Zufall nur ein.

p. 232, ll. 2 ff. als mich ein fremder Mensch so auf meine Erinnerungen half.
ll. 9 f. ging Eckbert in einer unbeschreiblichen Unruhe.
ll. 16 f. dieser einzige Mensch aus dem Wege geschaft wäre.

p. 11, l. 10. ich griff also den kleinen Hund.
l. 22. und ging. . . .
l. 26. mußte es ihm wohl unbequem fallen.

p. 12, ll. 6 f. ich wünschte wieder in derselben Lage zu sein.
l. 13. vor Freuden.
ll. 16 f. andre . . . waren jezt verfallen, ich traf auch Brandstellen.

l. 22. nur gestern angelehnt.

p. 13, l. 6. O dich gereut. . . .

l. 29. ihre Jugend, ihre Schönheit.
ll. 31 f. ich liebte sie ganz über alles Maaß.

l. 36. Aber über unser Schwatzen. . . .

p. 14, ll. 1 f. den kleinen Strohmian
ll. 35 f. der Arzt ward ängstlich.

ll. 42 ff. so eine unbedeutende Kleinigkeit es auch an sich scheinen möchte. — Du weißt, daß ich mich immer nicht, so oft ich von meiner Kindheit sprach. . . .

p. 15, ll. 4 f. mit welchem ich so lange umging; an jenem Abend sagte Walther. . . .
ll. 6 ff. wie Ihr den kleinen Strohmian füttert. . . . Hat er den Namen errathen, weiß er ihn und hat er ihn mit Vorsatz genannt?

ll. 10 f. Zuweilen kämpfe ich mit mir, als ob ich mir diese Seltsamkeit nur einbilde.

ll. 12 f. als mir ein fremder Mensch so zu meinen Erinnerungen half.

l. 18. ging er in unbeschreiblicher Unruhe.

ll. 23 f. dieses einzige Wesen aus seinem Wege gerückt werden könnte.

p. 233, ll. 4 f. sah er sich in der Ferne etwas bewegen.

ll. 9 f. flog der Bolzen fort.

ll. 14 f. er hatte sich weit hinein in die Wälder verirrt.

p. 234, ll. 1 ff. weil ihn die seltsame Geschichte seiner Gattin etwas beunruhigte; er hatte immer schon einen unglücklichen Vorfall befürchtet, der sich ereignen könnte: aber jezt war er ganz mit sich selber zerfallen.

ll. 14 ff. so erschrack er schon vor dem Worte Freund; er war überzeugt, daß es ihm nothwendig mit allen seinen Freunden unglücklich gehn müsse.

p. 235, ll. 5 ff. Ein Ritter, Hugo von Wolfsberg, hing sich an den stillen betrübten Eckbert, er schien. . . .

l. 12. häufig zusammen.

l. 16 f. sie schienen beide unzertrennlich von einander zu seyn.

p. 236. l. 1. kannte ihn nicht, er wuste seine Geschichte nicht.

ll. 4 f. in wie fern jener Freund sei.

l. 6. verabscheuet.

ll. 9 ff. kein Mensch könnte ihn seiner Achtung würdigen, der ihn nur etwas näher kenne. Aber er konnte sich nicht widerstehn; auf einem einsamen Spazierritt entdeckte er seinem Freunde seine ganze Geschichte, und sagte ihm, ob. . . .

p. 237, ll. 4 f. es fiel ihm auf, daß er nur wenig mit ihm sprach, . . . redete, . . . schien.

ll. 8 f. der immer sich als den Gegner Eckberts gezeigt.

ll. 10 f. auf eine eigne Art.

ll. 11 ff. zu diesem ging jezt Hugo . . . indem sie beständig nach Eckbert hinsahn.

l. 18. Walthers Kopf. . . .

p. 238, ll. 11 f. Oft fiel er auf den Gedanken. . . .

l. 13. durch seine Einbildungskraft.

---

p. 15, l. 30 f. sah er sich etwas in der Ferne bewegen.

ll. 33 f. flog der Bolzen ab.

ll. 37 f. er war weit hinein in die Wälder verirrt.

p. 16, ll. 1 ff. weil ihn die seltsame Geschichte seiner Gattin beunruhigte, und er irgend einen unglücklichen Vorfall, der sich ereignen könnte, befürchtete: aber jezt war er ganz mit sich zerfallen.

ll. 10 ff. so erschrak er vor dem Gedanken, einen Freund zu finden, denn er war überzeugt, daß er nur unglücklich mit jedwedem Freunde sein könne.

ll. 19 f. Ein junger Ritter, Hugo, schloß sich an den stillen betrübten Eckbert, und schien. . . .

l. 24. häufig beisammen.

ll. 27 f. sie schienen unzertrennlich.

ll. 31 f. kannte ihn nicht, wußte seine Geschichte nicht.

ll. 33 f. ob jener auch wahrhaft sein Freund sei.

l. 35. verabscheut.

ll. 37 ff. kein Mensch, für den er nicht ein völliger Fremdling sei, könne ihn seiner Achtung würdigen. Aber dennoch konnte er sich nicht widerstehn; auf einem einsamen Spazierritte entdeckte er seinem Freunde seine ganze Geschichte, und fragte ihn dann, ob. . . .

p. 17, ll. 7 ff. es fiel ihm auf, daß er nur wenig mit ihm spreche, . . . rede, . . . scheine.

ll. 10 f. der immer sich als den Gegner Eckberts gezeigt.

l. 12. auf eine eigne Weise.

ll. 13 ff. zu diesem gesellte sich Hugo, . . . indem sie nach Eckbert hindeuteten.

l. 18. Walthers Gesicht. . . .

l. 27. Oft dachte er. . . .

l. 28. durch seine Einbildung.

p. 239, ll. 3 f. Als er mit seinem
Pferde einige Tage durchtrabt
hatte.

ll. 8 f. einen Ausweg.

ll. 19 f. Unbekümmert sezte er
nun. . . .

p. 240, ll. 2 f. als wenn er ein nahes
muntres Bellen hörte.

ll. 21 f. Bringst Du meinen Vogel?

p. 241, l. 7. . . . hab' ich denn mein
Leben hingebracht.

p. 242, l. 3. Eckbert lag wahnsinnig
in den lezten Zügen.

p. 17, ll. 36 f. Als er im stärksten
Trabe seines Pferdes einige
Tage so fort geeilt war.

ll. 39 f. einen Pfad.

p. 18, l. 6. Unbekümmert darüber
setzte er nun. . . .

ll. 8 f. als wenn er ein nahes
munteres Bellen vernahm.

l. 25. Bringst du mir meinen
Vogel?

ll. 30 f. . . . hab' ich dann mein
Leben hingebracht!

p. 19, ll. 4 f. Eckbert lag wahnsinnig und verscheidend auf
dem Boden.

APPENDIX B

A comparison of the two versions of *Die Geschichte vom braven Kasper, und dem schönen Annerl*

VERSION A	VERSION B
The original version as it appeared in *Gaben der Milde* (*ed. cit.*) in 1817.	The text as printed in Brentano's *Gesammelte Schriften, ed. cit.* (pagination from the present edition).

p. 11, l. 24. ich werde die Stadt gar nicht erreichen.	p. 22, ll. 4 f. ich werde die Stadt nicht erreichen.
p. 13, l. 24. ihre dürre Hand.	l. 40. ihre dürre harte Hand.
p. 17, l. 7. ich solle. . . .	p. 24, l. 18. ich sollte. . . .
p. 23, l. 16. ist Er noch da.	p. 27, l. 11. Er ist noch da.
p. 36, l. 17. er weine heftig.	p. 32, l. 32. er weinte heftig.
p. 43, l. 13. einstoßen.	p. 35, l. 29. einstießen.
p. 47, ll. 15 f. daß sie gleich nicht . . . niedersinkt.	p. 37, ll. 19 f. daß sie nicht gleich . . . niedersinkt.
l. 22. gerade zu rechter Zeit noch. . . .	l. 24. gerade noch zu rechter Zeit.
p. 56, l. 10. ihm mit meinem Schwerd.	p. 41, l. 10. ihr mit meinem Schwerdte.
p. 57, ll. 24 f. wo ich her komme und hin wolle?	ll. 38 f. wo ich her komme und wo ich hin wolle?
p. 60, l. 13. heut Morgen.	p. 42, l. 41. gestern Morgen. (The first version was incorrect.)
l. 20. für mich und das Kind, und Nachmittag schenkte uns der Bürgermeister noch Geld.	p. 43, ll. 4 f. für mich und das Kind, denn die unsrigen waren von Jürges Blut bespritzt, und Nachmittags schenkte uns der Bürgermeister noch Geld.

Note. Variations of orthography and punctuation and the addition or omission of *e* in the dative singular of masculine and neuter nouns have not been taken into account in this comparison of the two versions.